Una isla sin mar

Literatura Mondadori, 392

Una isla sin mar

CÉSAR SILVA MÁRQUEZ

MONDADORI

Barcelona, 2009

Primera edición: marzo de 2009
Printed in Spain – Impreso en España
ISBN: 978-84-397-2182-6
Depósito legal: B-3.539-2009
Fotocomposición: Fotocomp/4, S. A.
Impreso en Limpergraf
Mogoda, 29. Barberà del Vallès (Barcelona)

Encuadernado en Artbook

GM 2 1 8 2 6

ÍNDICE

Así, [...], cuando se pone el sol y me siento en el viejo y destrozado malecón contemplando los vastos, vastísimos cielos [...] y se mete en mi interior toda esa tierra descarnada que se recoge en una enorme ola precipitándose sobre la Costa Oeste, y todas esas carreteras que van hacia allí, y toda la gente que sueña en esa inmensidad, y sé que [...] ahora deben de estar llorando los niños en la tierra donde se deja a los niños llorar, y esta noche saldrán las estrellas [...], y la estrella de la tarde dedicará sus mejores destellos a la pradera justo antes de que sea totalmente de noche, esa noche que es una bendición para la tierra, que oscurece los ríos, se traga las cumbres y envuelve la orilla del final, y nadie, nadie sabe lo que le va a pasar a nadie excepto que todos seguirán desamparados y haciéndose viejos...

En el camino, Jack Kerouac

Entonces ocurrió la revelación. Marino vio la rosa, como Adán pudo verla en el Paraíso, y sintió que ella estaba en su eternidad y no en sus palabras.

«Una rosa amarilla», Borges

LA ORILLA

Así era el sueño. Me vestía con un pantalón de mezclilla y una camiseta naranja; en los sueños se dice que uno no puede leer, así que sólo recuerdo al frente de la camiseta unos garabatos negros sin ningún sentido. Eran las siete de la mañana y el calor comenzaba a colarse por las puertas y las mínimas rendijas de las ventanas. Me lavaba el rostro con agua tibia. Me peinaba y veía mi reflejo borroso, mis ojos parpadear, las gotas de agua acumularse en las pestañas, atravesar las mejillas y caer al lavabo sin ruido alguno. La mañana olía a árboles sacudidos por los frescos vientos que vienen del desierto; cada madrugada el sol empuja el frío hasta la ciudad, que más que helado es un soplo agradable que despereza. Respiré profundamente y mi reflejo se limitó a mirarme, por un instante pensé que eso era incorrecto, pero no me asusté, no me pareció impertinente, era un sueño; sin más, aparté los ojos y regresé a mi cuarto; en mi buró aún estaba la foto de Eme, tomé una mochila repleta de ropa, al menos eso es lo que pensaba que había dentro. Calcé mis zapatos negros recién lustrados y me dirigí a la puerta de la recámara, esa era la última vez que estaría en mi cuarto, lo miré de reojo, volví a suspirar e imaginé mi reflejo inmóvil en el baño. Mi lengua se paseaba por mis dientes, sentí los filos de las muelas, las puntas de mis colmillos y salí. En el sueño tenía diecisiete años. La recámara era la misma donde crecí, con su ventilador de madera polvoriento y de aspas retorcidas por el calor y los años. En la pared de la izquierda, la televisión y, junto a ella, un peinador de pino con una luna empañada; había libros sobre la cama y regados por el piso que llegaban hasta el armario. Estaba seguro de a dónde me dirigía, la firmeza de mis pasos indicaba que sólo necesitaba abrir las puertas para continuar adelante. No se oía ni un ruido. Uno reconoce la presencia de las personas aun y cuando estén en otros lados de la casa, podrán estar durmiendo o fuera de vista, pero ahí están; y en mi hogar onírico, no había nadie. Bajé las escaleras. Aparte de mi mochila me percaté de que traía un par de libros en la mano izquierda. Abrí la puerta hacia la calle, la luz solar era tan intensa que me deslumbró, llenó el espacio, cubrí mis ojos con los libros.

Despierto.

Son las seis. Como es de esperarse no hay nadie más en mi cama. Me esfuerzo en recordar el sueño. Eme y yo habíamos terminado hace más de seis meses. Desde entonces no sé de su paradero. Un gorrión cantando en la rama de un olmo me convence de que a nadie le importa aquello. El mundo gira en los tantos millones de centros que tiene. Permanezco otros diez minutos boca arriba, mal envuelto en la sábana.

Desayuno un pan tostado con mermelada de cereza. El café que bebo es de la última bolsa que quedaba en el apartamento; Eme lo trajo del puerto de Veracruz en un viaje de trabajo. Después de la discusión tan apasionada y el plato roto (en mi vida había quebrado algo por una riña tan estúpida; pero, ¿qué riña no lo es?), el café es lo único que me quita el mal sabor de boca de aquella pelea.

El grifo del lavabo de la cocina gotea, trato de cerrar el paso del agua con fuerza pero no lo consigo. ¡Pinche llave! Le digo al lavabo y una risilla socarrona me dice que aquello es ridículo. Me quedo en silencio con la taza de café calentándome las manos, con un pan tostado rebosante de mermelada en la barra de la cocina, reblandeciéndose. Pienso en mi sueño. En él sabía a dónde me dirigía, abría las puertas y avanzaba, era lo único que aparentemente tenía que hacer. Le doy un sorbo al café y una mordida al pan. El perro del vecino husmea en los botes de basura. Un dálmata sucio que me provoca un poco de asco, desde aquí distingo una gran garrapata aferrada de su oreja.

De nueva cuenta intento cerrar la llave del grifo para que deje de gotear, pero entiendo que no tiene caso.

Tras lavarme los dientes salgo a la calle. En mi auto imagino la soledad de mi apartamento, estoy seguro de que es comparable a la soledad de mi antigua casa en el sueño. Una cáscara.

Junio es la puerta al insoportable calor que llegará en los últimos meses del verano. Al mirar el cielo y observar las formas de las nubes, la dirección del viento, el vuelo de los pájaros, si uno es lo bastante perceptible, puede predecir los días pesados y lluviosos de agosto, los posibles treinta y ocho grados nocturnos que llegarán montados en cólera para dormir al pie de la cama.

Las noticias de la radio informan que ahora llueve en Querétaro y en la mayor parte del Bajío. Aquí, el cielo está tan seco. A pesar de la luz de la mañana, la luna se percibe claramente sobre mi cabeza.

Habían pasado tres meses sin pensar ni siquiera en su nombre y así, de pronto, había soñado con ella.

María Salgado, Eme, para mí y para sus amigos, es una mujer alegre que me gustaba ver sonreír. Cuando llegaba a mi apartamento era un placer recibirla, verla a contra luz porque su cuerpo fabuloso recortado frente a mí entre las cosas que la rodeaban (el umbral de la puerta, las plantas en el recibidor, el piso opaco y las paredes), parecía flotar. Siempre que vestía su pantalón de lino blanco, hombres y mujeres volteaban a mirarla hasta hacerme sentir incómodo. Hablaba y la ciudad se detenía para escucharla. Por eso es altiva y sinvergüenza. También tenía un vestido blanco que cuando lo llevaba puesto parecía ser la muchacha en la película *El último tango en París*, con Maria Schneider, interpretando a una joven de nombre Jeanne.

Frente a la computadora, recuerdo nítidamente la tarde que la vi por primera vez con ese vestido. Me invitó a pasar. Me ofreció una cerveza. Estábamos en su apartamento ruidoso de la Plutarco Elías Calles con los ojos sobre la ventana, enumerando los autos que pasaban. Le daba tragos pequeños a su cerveza mientras que yo intercambiaba mi botella vacía por una nueva en mitad del tiempo de lo que ella lo hacía. Era divertido verla dar esos sorbos. Teníamos dos semanas de habernos conocido pero esa tarde fue cuando tuve una clara noción de la mujer con quien pensaba compartir mi vida.

Cuéntame algo de tu niñez, me pidió ese día; oteaba la transitada calle con cuidado, la luz de afuera aclaraba el iris de sus ojos. Al principio pensé que los autos la habían hipnotizado, pero me estaba poniendo toda la atención del mundo. El vestido blanco parecía revelar sus piernas en vez de cubrirlas, era una muchacha menuda y larga. Lo hice. Fue cuando recordé la famosa e inquietante película de Bertolucci.

Qué te podré contar de mi madre, le dije y bebí un largo trago de cerveza. Ella era como una novela andando, comenté mientras miraba al exterior, tratando de dramatizar un poco más mi actuación, una historia de quinientas páginas, de esas que te gusta leer lentamente; que te regodeas en lo que sucede y acabas extrañando al personaje y deseando que le sucedan más cosas terribles o fortuitas para que nunca acabes de leerla.

A Eme se le desdibujó la sonrisa, se quedó seria esperando que le contara más, la sombra del marco de la ventana dividía su rostro en dos.

Vivíamos en una granja cerca de Parral, le dije, mi padre era un borracho; yo hacía pausas largas para acordarme de la película, y me di cuenta de que esas pausas ambientaban la historia, le daban profundidad. Solía ordeñar las vacas, cada mañana y cada noche, empezando por las que se encontraban al fondo, que era donde menos frío hacía. Recuerdo que un día, cinco minutos antes de salir a una fiesta con una amiga, mi papá, más ebrio que nunca, me pidió que las ordeñara, me resistí. Ve y hazlo, me gritó, y a regañadientes entré al establo; hacía frío. Una noche antes había llovido con fuerza y la tierra se veía más oscura y revuelta que de costumbre; cada vez que pisaba, mis pies se hundían en el fango hasta casi desaparecer, el lodo hacía lo posible por dejarme inmovilizado. Por la prisa no tuve tiempo de cambiarme los zapatos antes de comenzar a trabajar así que se me apestaron de estiércol y no volví a utilizarlos. Aun y que me bañé, me imaginaba que todo lo impregnaba de ese penetrante olor.

A Eme la abrumé. Intenté recordar con detalle lo que Brando le dice a Maria en aquella escena donde ambos están desnudos sobre un viejo colchón, no sabía si lo había conseguido. Eme estaba pasmada. Miró fijamente al suelo como si ahí estuviera escrito lo que quería decirme; algo que yo no podía ver. Sus labios entre sonriendo y consternados, su perfil, ahí recortado con la luz de la tarde cayendo.

No te creo, es tan triste que no puedo creértelo. Es demasiado literario, me dijo como si se estuviera lanzando al vacío.

Nos reímos a carcajadas. Le platiqué la fuente de mi relato. Prometió rentar la película para verla juntos. Nos entendíamos y era maravilloso estar a su lado frente a la ventana viendo pasar los autos esperando que sucediera algo, ella sentada en el suelo y su sombra alargándose hasta la pared a sus espaldas, como una estalagmita de nada, creciendo por la acumulación de las gotas del tiempo, un tiempo que junto a ella lo pensaba dulce y armonioso; se movía y su estalagmita de sombra la imitaba, subía y bajaba con su respiración, tomaba otras formas. En las películas siempre es así, la vida está llena de sorpresas al dar la vuelta en la esquina. Pasan los minutos y algo importante le ocurre al personaje principal, un ángel se aparece, la mitad de su casa se derrumba, un globo rojo atraviesa el aire a mitad de un picnic, un borracho trata de robarte, un borracho, que sabrás, es su medio hermano y todo comienza cuando la sala de cine se oscurece y el aire frío acondicionado se intensifica.

Ahora Eme no estaba.

Afuera, el aire volvió a soplar fuertemente. Los árboles movían sus ramas como si trataran de ahuyentar un enjambre de abejas que quieren edificar su nido en él.

Todo esto sucede mientras en la oficina oigo a un hombre mascar sonoramente un chicle, cajones que se abren, una joven tararea fragmentos de una canción, dedos pulsan rápido el teclado de la computadora.

Veo el reloj en la pantalla: 4.34, cuento treinta parpadeos y ya son las 4.35, a mi costado derecho un compañero platica por teléfono con su novia, por más que trata de ser discreto y bajar la voz oigo que la quiere, que la invita a cenar, que le gustan sus tetas; una mujer en otro cubículo se ríe, platica en inglés algo sobre el fin de semana y se vuelve a reír. Yo espero que sean las cinco en punto para apagar mi computadora y dejar este clima tibio, enfrentarme al calor de afuera.

En la oficina un hombre de voz grave murmura en inglés algo que no comprendo. Me rodean los ruidos monótonos de la oficina: el sonido de las páginas de algún documento en el instante en el que es hojeado, plumas que se deslizan y caen al suelo o que son colocadas sobre el escritorio. Pisadas de zapatos altos apresurándose para salir. Desayuné un licuado de chocolate acompañado de una cápsula de vitaminas. Nada de pan. Dejé ropa en la secadora, porque era tarde para sacarla y acomodarla en sus respectivos lugares: las camisas en el cuarto de visitas; los pantalones en el cuarto donde duermo. Las áreas de trabajo son iluminadas por una luz tenue amarillenta, lloviendo sobre las cosas, sobre los anaqueles donde las facturas pagadas se almacenan desde hace años. Trato de hacer mi trabajo, pero el sueño me gana. Alguien estornuda. Alguien cuelga el teléfono. Alguien más ríe. Trato de acomodar los papeles. Las actividades pendientes para mañana. No hago nada. No pienso en nada.

Lo más importante que me ha sucedido en estos días ocurrió ayer por la tarde: me compré un barquillo de nieve de pistache, mi favorito, en la cafetería que también es papelería. El sol me mordía el cuello. Sentía cómo la piel se me oscurecía al instante. Los brazos estaban calientes. Me comí el barquillo oyendo la máquina de copias en su monótono procesar de hojas. Es un sonido tenue y suave, como un tipo de mar contenido en engranes y electricidad.

Hay guerras, lluvias de sangres, explosiones y pestes, pero todo es tan lejano, me levanto de mi lugar y veo por la ventana el cielo, veo los cerros y la paz del aire y el polvo es tal que no hace más que tranquilizarme. La hora no importa. La luz amarillenta y los ruidos mínimos que me rodean pueden estar aquí día y noche. Si me desentendiera del reloj, no tendría la menor idea del momento que habito. En este lugar no existe el tiempo. Las lámparas siempre están encendidas. La sombras no se mueven, no se arrastran ni se esconden o alargan, simplemente están. La temperatura es la misma a cualquier hora del día.

Soñé que venías a la casa y te despedías, me dice Yolanda por teléfono.

¿De verdad?, le pregunto un poco asombrado. Hace como tres semanas que no nos vemos.

Pues así fue, tocabas la puerta, pienso que eran como las once de la mañana, me dabas un abrazo y un beso y me decías que ya te ibas de Juárez.

A Yolanda la conocí hace muchos años y de vez en cuando nos juntamos para bebernos unas cervezas. Recordé la noche cuando en uno de mis sueños salía de mi casa con una mochila. En ese momento siento cómo se me dibuja una sonrisa, «las coincidencias», pienso. No puedo decirle más que estaba sorprendido.

¿Todo bien?, me pregunta. La imagino apoyada en la barra de su cocina, con la cabeza descansando en una de sus manos.

Es que… es interesante. Miro los botones del teléfono, el contador de minutos. Para no ahondar, le cuento que soñé con Eme.

Quizá regrese, me responde más en automático, porque en realidad no le interesa si Eme vuelve o no. ¿Qué vas a hacer por la tarde?

Dormir, le contesto sabiendo que me arrepentiré por haberla rechazado y, aparte, Yolanda desea beber un trago. Si quieres nos vemos la próxima semana, añadí, tratando de corregir mi respuesta.

Tú te la pierdes. Háblame cuando quieras. Date una vuelta por mi depa, nos compramos una pizza y hasta podremos planear tu viaje, su voz suena un tanto burlona.

No pienso viajar a ningún lado, le digo secamente y después de una breve pausa agrego: ¿Qué crees que signifique tu sueño?

Que yo soy la que se quiere ir de Juárez, ahora su voz se oye más relajada, quizá se había recostado en uno de sus sillones. No sé, tengo ganas de verte.

A Yolanda la conocí antes de que Eme apareciera en mi vida. Era novia de un patán que la dejó cuando le dijo que estaba embarazada. El día de la noticia, después de ir al cine, la llevó a su casa y dándole un beso en la mejilla, le pidió que se cuidara. Ella de inmediato supo lo que ocurría y esa noche no pudo dormir. A la mañana siguiente, cuando trató de comunicarse con el desdichado, la mamá lo negó y nunca supo más de él. Afortunadamente para ella, después de pensar bien las cosas y de planear el momento de revelarles a sus padres el secreto, el embarazo resultó ser una falsa alarma que por fortuna le sirvió para deshacerse de aquel tipo.

La conocí en el Murphi's, en medio del excesivo humo del cigarro y las cervezas importadas. Yolanda platicaba con una amiga sobre los superhéroes y no pude evitar incluirme en la conversación.

¿Qué tan destruido podrás estar para convertirte en El Hombre Araña? Si me dieran la oportunidad de serlo, no la aceptaría. Por fuera sería una máscara y por dentro estaría más vacía que nunca, le decía Yolanda a una muchacha obesa con el cabello sobre la frente tratando de ocultar el acné.

Su punto me interesó. Qué tan destruido podía estar uno para ponerse mallas y andar de vigilante sin ser vigilado, el todo poderoso ridículamente vestido y señalado entre las fronteras de un bien y un mal igualmente cuadrados, traspasando una careta contra la que él mismo lucha, auto flagelándose como parte de un sacrificio sin fin, buscando el reconocimiento y al mismo tiempo desdeñándolo.

Todos somos superhéroes, dije, todos nos reflejamos en las vidas banales y aburridas de los otros y luchamos cada mañana para levantarnos y abrir la puerta y salir a donde la vida se hace, me dirigía al moreno y afilado rostro de mi futura amiga.

Discutimos el punto. Al final éramos ella y yo platicando, la otra muchacha se había convertido en la mujer invisible. Al mes de haberme conocido, la gorda y ella rompieron relaciones por culpa mía. Me dejó de hablar porque tenía celos, me dijo Yolanda, a lo que asentí encogiéndome de hombros. Las circunstancias se dieron para que mi nueva amiga se hiciera novia de un tal Arturo, y yo, por ese mismo tiempo conocí a Eme. Aun y cuando nos veíamos esporádicamente para tomarnos una copa, comer juntos o platicar de asuntos insustanciales para terminar desnudos en su casa, una vez al darnos un beso ya no funcionó; no se sentía bien y concluimos que nuestra relación había evolucionado, nuestras parejas actuales parecían haber llenado los huecos que cada uno de nosotros teníamos, así que nos habíamos convertido, ella y yo, en simples amigos. No dijimos nada. Esa noche separamos nuestros labios y seguimos bebiendo, así fue durante un tiempo. A los cinco meses dejó de salir con Arturo. Luego Eme se fue de mi apartamento y ahora mi vieja amiga y yo seguíamos juntos.

Si me fuera de esta ciudad trabajaría como mesera por un tiempo. Su voz se oye distante, soñadora. Me iría a vivir a Mazatlán o a Playa del Carmen o de plano vendería mi auto para irme a Canadá. ¿Qué opinas?

Que son demasiadas acciones, me abrumas con tus planes… ¿Me escribirías? ¿O me dejarías a la buena de Dios en esta isla?, bromeo.

Te invitaría a vivir conmigo. Por un momento la idea me parece buena.

Imagino las piernas largas de Yolanda tras un delantal pequeño sirviendo una piña colada, con sus manos delgadas y su sonrisa amplia mostrando esos dientes tan blancos. Pero yo no tengo la intención de dejar esta ciudad. Al menos no todavía.

Son las seis de la tarde y el sol parece un botón naranja, una galleta que podría apretar con la mano y desmoronar sin quemarme los dedos. Una tormenta de tierra cubre el firmamento; «la canícula», pienso. Se escuchan los granos de arena golpear los vidrios y la carrocería del auto, víboras de polvo cruzan las avenidas sin importar que los automóviles las destruyan. Frente a mí, una mujer protegiéndose el rostro con una mascada, busca desesperadamente resguardarse de los ventarrones, de los golpes del aire caliente. De nada sirve, me digo, porque la tierra busca la manera de meterse en los oídos, los ojos y la boca; las micrométricas piedritas rechinan entre los dientes de manera grotesca y desesperante. La mujer cruza apresurada la calle y desaparece al dar vuelta en una de las esquinas.

¿Y qué, si me iba de Juárez?

Acelero y tomo por el boulevard Cuatro Siglos hacia el este, pensando en los diez años que me he levantado a las 5.30 de la mañana para ir a mi trabajo, recordando los sueños que en estos días me han asaltado. El Cuatro Siglos es un malecón que corre al lado del seco río Bravo. Desde uno de los puentes que lo componen se aprecia una amplia extensión de tierra entre los dos países, México y Estados Unidos, y muy al centro resalta el surco llamado trágicamente río que ahora encausa un hilo de agua; se distingue únicamente porque plantas y hierbas opacas sobreviven en él, escapando a la sequía perenne del desierto. De todo ese mar que fue el norte, queda sólo esta hendidura. Más allá, El Paso, Texas, ordenado y fluido, me saluda.

Y si me fuera, ¿adónde sería? diez años institucionalizándome, como dicen los prisioneros en la película *La redención de Shawshank*. Institucionalizado para no hacer nada más que obedecer y tratar de convencer a clientes y proveedores por igual. Nunca me había puesto a reflexionar en todo ese tiempo de escritorio, un tercio de mi vida pisando las mismas oficinas. Pudiera cerrar los ojos y llegar sin ningún problema a mi cubículo. Cada cable, cada conector, cada terminal de cobre platinada envuelta en carretes de diez mil piezas para ocho mil arneses al día. Despertarme cada mañana para defender las entrañas de los autos. Los cables como venas dañadas, tapadas, como vasos comunicantes unidos por plásticos malformados o hules con remanente que no permiten el vacío por donde se puede colar el agua o relevadores dañados que hacen imposible el buen funcionamiento de los limpiaparabrisas. Miles de dólares para que un auto salga lustroso y funcionando correctamente, llamada tras llamada encareciendo el producto, juntas, boletines urgentes porque los teléfonos no servirán el domingo. Conversaciones telefónicas a las doce de la noche porque en China amanece y los proveedores asiáticos apenas comienzan a llegar a sus trabajos. *Yes, I agree. No, I do not agree.* Hablando inglés y español indistintamente con mexicanos que hablan un inglés más atropellado que el mío o un español apresurado, porque ya van a parar las líneas de manufactura y la producción está atrasada, porque el producto que me vendes no sirve y necesito reemplazarlo de inmediato y necesito que pagues para que segreguen lo malo de lo bueno y necesito que verifiques que todo el material ya enviado a mi cliente (porque siempre hay otro cliente) esté en buenas condiciones, ¿y si el problema ya se fue a los autos?, ¿cómo nos vas a ayudar? Hablando con gringos hasta las tres de la tarde porque ellos están en el tiempo estándar del este y nosotros en el tiempo de la montaña y para ellos las tres de la tarde significan las cinco. Gringos que nunca he visto en persona, unos que considero amigos, como April que me cuenta que no podrá tener hijos y cuida a sus sobrinos con un amor desorbitado. Otros que durante estos diez años han muerto de paros cardíacos o quienes han perdido a sus esposos ahogándose descuidadamente en la tina del baño. *Did you hear about that?*, me preguntan. Otras más que se han divorciado porque descubrieron que sus maridos llevaban a sus amantes a la casa y a la cama donde dormían con ellos. Otros más que se han jubilado, entre los que se encuentran Camile, Víctor, Debra; los primeros hacían más de una hora y media diaria para llegar a sus oficinas y Debra recorría cuatro kilómetros de bosque en Mississipi para alcanzar su casa. Recuerdo a Steve Stuart que después de haberse librado de un cáncer en la garganta, cuando ya parecía que todo iba bien, cinco años de batalla contra la terrible enfermedad, lo encontraron muerto en el auto fuera de su casa por un fulminante infarto cardíaco. La violencia del tiempo y la distancia. ¿Y cómo está el clima en Warren? ¿Y ya comenzó a llover en Clinton? Preguntas que nos unen, que nos han unido y que lo seguirán haciendo por el resto de los días, siendo amables porque en algún momento nos necesitaremos el uno al otro y no te puedes enojar porque si lo haces pierdes. En pocas palabras, institucionalizados.

Andy Dufresne y Ellis Redding, los reos en la película *La redención de Shawshank*, lo sabían, por eso tenían que escapar antes de que el miedo a las calles y los semáforos y la prisa en los corredores del supermercado se apoderaran de ellos y los dejara inútiles.

«Y ahí está la puerta por si ya no quieres trabajar, porque en este lugar nadie te retiene», te dicen tus jefes inmediatos y cuando volteas ya te hiciste más viejo y en el centro comercial ves a niñas fumar a la misma edad que tuviste cuando ya te sentías grande. Niñas mirando a sus novios tan chicos como ellas, ambos muy delgados y con el cabello cayendo en los ojos y las risas amplias de los futuros ingenieros que tomarán tu lugar cuando te jubiles.

Debería cavar un túnel como lo hizo Andy para escaparme de la horrible Shawshank, un túnel que comenzaría en mi cubículo guinda acolchonado, de grises cajones, con clima artificial y computadora nueva.

Pienso en Yolanda y en sus planes furtivos para irse de Juárez, la posibilidad de establecerme con ella en Playa del Carmen, trabajar un tiempo como mesero a su lado, llegar a un departamento pequeño cada madrugada, cansado y sin cavilar más que en la fiesta del día siguiente. Pienso en dejar mi casa con aire acondicionado, de tres recámaras, sala-comedor, cocina y dos baños, de dejarlo todo ahí, a medio pagar, para irme por un tiempo a vivir a San Luis Potosí o a Xalapa donde levantaría una mezcalería.

El hombre de barba rala y blanca en mis sueños me pregunta por qué no me iba. ¿No me iba de dónde? ¿Era eso lo que me pedía? Dejar las entrañas de los automóviles para despertarme por el resto de mis días un poco más tarde, abrir un negocio de café y leer todos los libros que pueda relajado en una ciudad tranquila.

Andy Dufresne quería construir un hotel en Zihuatanejo, un pueblo en la costa mexicana del pacífico. Yo sólo abriría un pequeño café donde vendería, entre otras cosas, mezcal y sotol y cerveza. Pero me da miedo comenzar a escarbar, comenzar a rascar la tierra invisible que me detiene.

Disminuyo la velocidad. Busco el siguiente retorno. Ésta ha sido una buena semana y la tierra que sopla no me va a deprimir. Tomo en sentido contrario el boulevard hacia el centro, hacia una cantina. Dejo atrás los autos conducidos por hombres o mujeres tan aburridos como yo, ahí van las muchachas cantando encapsuladas en su aire frío y reconfortante, cantando. Voy al bar Kentucky, lo he decidido.

En esta historia hay dos elementos indispensables: un detective y un cuaderno, me dice Fabio. El sol se está poniendo, así que se apresura a abrir su cuaderno rojo y comienza a leer las páginas que siguen.

El detective se enamora de una mujer que todas las mañanas atraviesa la calle y pasa frente al despacho justo a las nueve. Son los primeros días de abril, aún no comienzan los fuertes aires de la temporada, los árboles han floreado, las lilas por las noches desprenden su aroma dulce para que caiga y perfume el cemento y los reducidos jardines. Se da cuenta de que la mujer es casada por la brillante sortija que lleva en la mano derecha.

La mujer cruza todas las mañanas la calle frente el despacho y desaparece. En punto de las cinco de la tarde, reaparece en dirección opuesta. Regresa a su casa, piensa el detective. Él supone que la mujer toma el camión en la esquina. No está seguro, pero sus instintos de investigador son demasiado fuertes. Es secretaria, vuelve a discernir para sí mismo, y todos los días escudriña la vestimenta de la muchacha, lo brillante de los zapatos y lo cansada que parece cuando regresa. Siempre arreglada de manera elegante y reservada, un tanto provocativa pero no lo suficiente como para que la gente que pasa a su lado voltee a mirarla. Quizá hasta utilice un perfume discreto.

El detective, dadas las nueve de la mañana, se sienta frente a su ventana con una taza de café, luego se acerca y corre las cortinas y mira a la joven –Clara, Sofía o Inés– en su recorrido diario. El afilado rostro de la muchacha coincide con cualquiera de esos nombres. Se deleita con sus ligeros pasos, mira el vaivén de sus largas y veloces manos de secretaria. Mira sus ojos castaños.

El investigador privado hace lo posible por estar en su oficina a las cinco de la tarde para ver a la muchacha de regreso. Hay veces que, por la naturaleza de su trabajo, no es posible, pero regularmente lo logra. Llega barrido, abre la puerta con urgencia, corre las cortinas y espera.

Hay tardes en que Clara, Sofía o Inés, lleva entre sus manos una bolsa de panadería, intuye que es la panadería que se encuentra a dos cuadras de ahí. La bolsa siempre es pequeña, así que el detective concluye que la delgada muchacha de veinticinco años ha comprado no más de cuatro piezas. Sonríe amargamente, porque es un buen detective. No es necesario salir de su oficina para conocer a las personas, apenas una mirada basta para saber cosas de ellas. Sus oficios, sus posibles disgustos, si fuman, si beben demasiado. ¿Qué tanto de lo que vislumbra en la mujer es cierto?

Una mañana de otoño, anticipándose al suceso, deja de escribir, cierra su cuaderno rojo y se levanta, Se acerca a la ventana y aparta, como siempre, la cortina. 8.57, 8.58, 8.59, su mirada barre el espacio hasta donde le es posible, echa un vistazo a los terrenos baldíos de enfrente, el poste de luz y la banqueta despejada, la parada de los autobuses. Desde ahí alcanza a divisar la panadería. 9.05, 9.06, 9.07. El perro de los vecinos atraviesa la calle y desaparece en uno de los terrenos. El investigador sujeta las manos atrás de su espalda. Suspira. Ayer la vi toser, se dice, quizá haya enfermado. Frunce el seño. Vuelve a suspirar y sigue con su trabajo detectivesco.

Después de tres días, se atreve a caminar hasta la panadería y en la puerta se detiene. Sopla un viento apenas perceptible. Derrotado por algo que él solamente sabe, agacha los hombros y regresa a su despacho.

Pasan dos días más. Decidido por el repentino cambio de rutina de la muchacha, entra a la panadería y pregunta por Clara o Inés. Cuestiona a la dependienta de unos cuarenta años si ha visto últimamente a una muchacha delgada y morena. La dependienta le menciona que no la conoce y que no ha visto a nadie así en su negocio.

En su despacho, frente a su cuaderno rojo que permanece cerrado, no puede concentrarse. Al mediodía recibe una llamada telefónica. Mi esposa, dice una voz seca del otro lado de la línea, ha desaparecido. El detective siente un vértigo. Le pregunta por el nombre de la mujer. Se llama Clara, el hombre contesta. El investigador niega con la cabeza; «es una broma», piensa. Va a colgar, pero su deber de detective se lo impide. Hace la pregunta necesaria: ¿De donde me habla? El joven le da las indicaciones, se encuentra al otro lado de la ciudad. El detective se siente aliviado, es una coincidencia, murmura. Toma los datos. Cuelga el teléfono y sube a su auto.

Ella es mi esposa Clara, le dice el joven que va a contratarlo, como puede ver, es alta, morena de cabello ondulado y ojos castaños. El extrañado detective mira al joven, como si todo eso fuera una broma. Ella es secretaria, agrega, estos son los teléfonos de su trabajo; cada mañana toma el camión en la parada de la esquina, concluye el angustiado marido y acepta los honorarios; 50 por ciento ahora, el resto cuando termine.

El detective se detiene frente a la casa del matrimonio. Admira el frescor que levanta la mañana, las palomas que descansan en los alambres telefónicos, se siente atraído por el lugar. Camina. Un poco más allá, sobre la acera de enfrente hay una casa que, excepto por la disposición de la puerta, es idéntica a la que él usa como despacho, mira un poco más allá y se asombra porque hay una parada de camiones y una panadería. Suelta una risa. «Es exactamente el reflejo de donde yo vivo», piensa. Avanza a la que pudiera ser su oficina. Aquí debe de vivir alguien parecido a mí, se dice, un detective zurdo trabaja en este lugar y ha visto pasar a Clara hacia el otro lado de la calle por meses, como yo lo he hecho. Toca la puerta con fuerza. No hay nadie. Se imagina que su doble está llamando a la puerta de su despacho al otro lado de la ciudad igual de sorprendido y que es inútil esperarlo porque mientras él no regrese, el otro no lo hará. Me lo toparé por el camino, deduce. Así que escribe su número telefónico en un papel y lo desliza al interior de la casa, sube a su coche y con precaución vigila los autos que pasan en sentido contrario. Se siente extraño, recapacita en lo que está sucediendo, en la rareza de las situaciones, se vuelve a reír y aprieta el volante.

De nuevo en su despacho, encuentra un papel blanco bajo su puerta en el cual hay escrito un número telefónico. Llama. El número está ocupado. Vuelve a intentar y se topa con la misma suerte.

Pasan los días. No puede conciliar el sueño pensando que alguien a kilómetros de ahí, igual a él, no puede conciliar el sueño y se levanta de la cama asustado, ¿es él quien se mueve a voluntad propia o es el reflejo del otro detective en el extremo opuesto de la ciudad? Se queda inmóvil. Piensa en Clara, en los pantalones azules de cada martes, en el cabello recogido, en la falda más arriba de la rodilla de los viernes. Si existe una Clara en la otra orilla, debe de existir una Clara en este lado; sale a buscarla.

¿Es usted Rodrigo, el esposo de una mujer llamada Clara?, el detective le pregunta a un joven de unos veintisiete años que vive en una casa similar a donde vive el hombre que lo contrató. Así es. Quisiera corroborar la desaparición de su esposa hace algunos días. El joven asiente y ahora es él quien pregunta, ¿usted trabaja con el detective? El astuto sabueso esperaba esa pregunta, incluso esperaba muchas más. El parecido físico de este Rodrigo con el de su cliente, las palomas que parecen observar desde los cables telefónicos la conversación como entendiendo las palabras. Se esperaba muchas cosas, menos lo que le dice el joven a continuación: El detective me informa que ya casi tiene resuelto el caso. Esas fueron las palabras: «ya casi tiene resuelto el caso». Trata de controlarse, las manos las oculta atrás de su espalda porque le tiemblan. Le da las gracias al desconsolado marido y se retira.

Si el otro detective ya casi logra resolver el caso, ¿qué es lo que él esta haciendo mal? Entre ellos dos hay diferencias. Eso significa que en cualquier momento llamarán por teléfono, quizá sea el otro detective con información substanciosa para que aquello termine rápido. Deja de salir de su despacho, manda pedir comida, se asea en la regadera de su oficina. Pasan los días. Pasa noviembre. Las ligeras lluvias de invierno refrescan más de la cuenta. Casi vencido, casi a punto de salir a tomar aire fresco y olvidarse de todo, el teléfono suena.

El caso está resuelto, una voz familiar y cansada le informa.

¿Cómo fue que se resolvió? El detective, más ansioso que admirado, le pregunta a esa voz que casi reconoce.

Hice las llamadas necesarias a la gente necesaria. Seguí el rastro de Clara hasta el aeropuerto, hasta la agencia de viajes donde compró su boleto de ida a una ciudad del centro del país. Tú debes hacer lo mismo. Decidí no avisarle al esposo, Clara huía de él y por tal motivo se lo oculté. Ese fue un error, explicó la voz del otro lado de la línea, más aletargada, desfalleciente. El esposo supuso que yo sabía más de lo que le decía e investigó por su cuenta. Entendió la verdad y ha venido a buscarme. Me ha disparado...

El detective cuelga el teléfono de golpe, se siente mareado. Siente un dolor en el abdomen, sus manos tienen el mismo color rojo de su cuaderno.

Esa era mi propia voz, dice.

El detective del otro lado de la ciudad agoniza sobre su cuaderno rojo; no oye nada, no siente nada, el mundo se deshace frente a él.

Pero el final no me gusta. Debería reescribirlo, es demasiado obvio, me comenta Fabio.

Caminamos un poco más, trato de mantener toda mi atención en la historia que acabo de oír, hago lo posible pero no lo logro, con dificultad pesco fragmentos de lo que mi amigo me dice. Mis pensamientos se enfocan más en el supuesto viaje sin destino de mi sueño, si me voy de Juárez, ésta pudiera ser una de las últimas veces que oigo a mi amigo, el escritor, hablar frente a frente. La ciudad se me va cerrando. Me siento como un pez dorado que de pronto recobra la conciencia y se percata de que ha dado vueltas en el mismo sitio por años. «Estos son los últimos pasos que doy sobre este jardín», pienso y sumerjo las manos en los bolsillos del pantalón, las palmas me sudan. ¿Hace cuánto tiempo que no camino por este parque? Si Fabio no me hubiera hablado, esta caminata no hubiera existido. Mi amigo avanza con su cuaderno rojo bajo el brazo. Mira al suelo como si estuviera contando sus pasos. Creo que me quiere decir algo más y no se atreve.

La historia de los detectives me recuerda al sueño reciente que tuve después de aquél donde aparece mi antigua casa. Cavilo en el hombre de barba rala y blanca diciéndome: «Te debes marchar», con ese tono de súplica y convicción que me eriza la piel. ¿Me debía marchar? ¿Adónde?

Fabio me agita del hombro. Despierta, asevera. Me pregunta que si la historia me gusta. Una parte, le revelo fríamente, y, para no causar susceptibilidades, agrego: Me gusta mucho la descripción que haces de Clara, pero la verdad, el final no lo entiendo. Sí lo entendía, pero no me había gustado, me había hecho sentir incómodo, como si yo, de alguna manera, fuera parte de la trama, el detective herido. Un personaje en un espacio desdoblado.

Deduzco que al otro extremo de la ciudad, un hombre llamado Martín, le da vueltas a un parque muy parecido a éste, lleno de árboles jóvenes y troncos demasiado blandos. Quizá es la otra orilla y no ésta la que importa y solamente soy el eco de algo que ya pasó, retrasado por días o años. Si fuera detective, ¿qué investigaría? No tenía idea.

Dos horas atrás Fabio me había llamado, tengo que leerte algo que terminé de escribir, estoy emocionado y creo que eres la única persona que puede entenderlo. Asentí y por eso caminamos aquí. Después te invito una cerveza, no quisiera que la gente nos viera en un bar leyendo estas cosas, me había aclarado mi amigo. Sonreí. Creo que con este paseo la gente tiene más cosas qué decir de nosotros. Frente al parque, un par de señoras platican sentadas en el porche de una casa. Otra más riega las plantas de su jardín.

«Te tienes que marchar», dice un hombre de barba rala que en mi vida he visto. Tal vez este sueño haya sucedido antes que el otro donde dejo mi casa, y no lo recordaba sino hasta hoy que Fabio me cuenta su historia o tal vez es al contrario: el viejo me está advirtiendo que me vaya antes de que algo terrible suceda y eso me lleva a abandonar mi casa. Se torna complejo y me duele un poco la cabeza. En todo caso, ¿por qué tendría que suceder una u otra cosa?

Vuelvo a sentir la mano de mi amigo sobre mi hombro, me pide que me despabile porque él invita los tragos.

Esta no será la última caminata por este parque, no será una de las últimas veces que abra la puerta de mi apartamento. No tiene que suceder nada. Saco una de las manos de los bolsillos y me peino el cabello. «No tiene que pasar nada», lo medito con seriedad. No tiene que pasar nada. El otro extremo está muy lejos. No soy la onda que deja la piedra en el agua al caer.

En un bar cerca de aquí trabaja Casandra, una pelirroja que tiene años viviendo en Juárez. Nos dice que somos sus clientes predilectos; aunque lo dudo, es divertido que nos sirva los tragos. Tomamos la Ejército Nacional y damos vuelta en la López Mateos. Veinte minutos más tarde estamos frente a ella con un par de vasos *old fashion* plenos de whisky.

Fabio Jiménez es delgado y le gusta la cerveza. En un bar sobre la avenida Paseo Triunfo, conoció a Ana Sarabia, una chica delgada y blanca de treinta y tres años. Cada sábado la veía ahí con sus amigas, ella bebía tequila. Fabio primero la saludó de lejos levantando su copa. Luego le envió un caballito de Hornitos reposado. Tardó un mes en poder platicar con la muchacha. Tardó un tiempo más en invitarla a salir y por último, otro mes en aceptar. Acabo de terminar una relación tortuosa y larga, le dijo, y lo que necesito es un respiro, de alguna manera comenzar de nuevo.

Un día, se levanta sobresaltado. Son las siete de la mañana, se dice en voz alta. Había soñado con Ana y se da cuenta de que olvidó la cita, la que debió suceder apenas doce horas atrás. El joven, angustiadísimo imagina a la pobre mujer sola sentada en el bar, siendo abordada por extraños mientras ella los rechaza. Soy un pendejo, se recrimina y se pasa duramente una mano por el cuello, apretando. A las nueve de la mañana, la llama por teléfono pero ella decide no responder y sus recados no son atendidos. Tras varios desplantes, se arma de valor y la enfrenta con nervios, la disculpa es larga, muy larga. Le regala flores, chocolates, más flores, le escribe cartas y poemas, él no es bueno para escribir poemas y trata de hacerlo dignamente. Para que no se escuchen estúpidos ni cursis los lee en voz alta y si algo no le parece, lo cambia o simplemente lo desecha. Se siente terrible y en verdad necesita que su disculpa sea aceptada. Al mes de todos estos despliegues de consideraciones, ella lo perdona. Le dice con voz razonable que ya no hay problema, que ya no le duele, que se olvide del asunto, le acaricia una mano y acepta un trago y una nueva cita. Esta vez no lo olvidará y lo graba muy bien en su cabeza, el calendario y el reloj. Cuando el día llega, arriba puntual a la cita, pero ella no se encuentra. La espera inútilmente porque sabe que Ana Sarabia no asistirá. Encogido de hombros y sintiéndose derrotado, un poco al menos, se bebe una cerveza recargando su cuerpo sobre la barra de la cantina y de reojo inspecciona el sitio, las antiguas fotografías de Pancho Villa, unas mostrándolo solo, otras más con su gente, su ejército y sus mujeres, sonriendo. Fabio mira los edificios gastados y los paisajes aparentemente secos en las fotografías en blanco y negro. Se marcha a casa odiándose.

A la mañana siguiente, Ana le habla por teléfono. ¿Qué se siente?, le pregunta con sequedad y antes de que él conteste cuelga. Nunca más se volverán a ver. Dejará de ir a ese bar por unos meses, pero es innecesario porque ella, con tal de no verlo, dejó de ir definitivamente a ese sitio.

Fabio sabe perfectamente qué se siente al ser plantado: En la universidad, en primer semestre, tratando de acoplarse al grupo, invita a unos cuantos compañeros a jugar al billar a su casa. A tu casa no, vamos al billar del Güero que está en la Avenida de la raza. No conoce aquel lugar pero acepta. Nos vemos a las siete ahí afuera, le dicen. Sigue las indicaciones y llega a tiempo a la cita. Es mayo y, para su mala suerte, comienza a llover. El bar del Güero está cerrado por remodelación, lo indicaba un cartel. En esta ciudad que nunca llueve, ahora se le ocurre dejar caer sus diablos, se lamenta en voz alta y nadie lo escucha. Decide esperar quince minutos aunque sabe que es inútil, nadie ira por él. «Esto sería un buen cuento», piensa, y, estoico, recibe la lluvia.

Al día siguiente, antes de entrar a la escuela, se topa con uno de los compañeros que lo habían invitado al billar.

Me caes bien, por eso te lo tengo que decir: desde el auto de Juan, el bato de cabello casi al ras, cerveza en mano, te vimos llegar y esperar un cuarto de hora. No sé por qué te lo cuento, quizá porque se me hizo mala onda o porque yo nunca lo había hecho…

Mejor no me hubieras contado, Fabio recrimina.

Probablemente, pero ahora lo sabes y vas a entrar al salón y todos se carcajearán. Le advierte el joven un poco avergonzado.

Quizá te mandaron a que me contaras, deduce frunciendo el seño.

Y, ¿de qué nos serviría?

No hay de otra, toma aire. Atraviesa el pasillo principal de la escuela, recorre el patio y cruza la puerta del salón. La primera carcajada es inminente, luego fueron tres y al final el resto, como un tipo de epidemia.

Impasible, llega a su banca, saca un cigarro y lo fuma como si estuviera solo en una cueva. El cigarro lo protege (ese mismo cigarro que dejará tres años después porque su novia en turno se lo pedirá), mira a uno de los muchachos y le sonríe; yo sé que tú sabes que yo sé; aquella mueca es intimidante.

Fabio se vuelve intolerante el resto del semestre: corrige a los maestros, completa con mejores ejemplos los comentarios de sus compañeros, ofrece cigarros caros, de esos que nadie más quiere regalar.

Por supuesto que sabe muy bien qué se siente al ser plantado a media tarde en un restaurante. No necesita que nadie se lo diga, ni mucho menos Ana Sarabia.

Un día me invita una cerveza en un pequeño bar sobre La Paseo Triunfo de la República y me cuenta la historia de la no tan dichosa Ana, que para el caso y el tiempo transcurrido, podría haberse llamado como fuera. Nos sentamos lejos de la barra y me suelta la primera parte de la historia. El segundo episodio que tiene que ver con la escuela y sus odiosos compañeros, la conozco muy bien. Yo fui el heraldo negro que le advirtió de la mala y estúpida jugarreta que le hicimos pasar. Y por aquella broma de mal gusto nos volvimos amigos. Con el tiempo me enteré de que escribía. Te quiero contar algo y espero que no te vayas a burlar, me advirtió una noche, escribo cuentos.

A Fabio le debo una parte de mi devoción a la lectura. Una docena de títulos importantes fueron recomendaciones de él. Con el tiempo intercambiamos libros como si fuéramos coleccionistas de estampas. Comprendí que sus respuestas elegantes o correcciones tajantes a maestros y alumnos cuando estábamos en la universidad fueron resultado de sus largas lecturas. Así, esa misma tarde en el bar, conocí uno de sus primeros cuentos, de eso ya pasaron diez años y puedo recordar con poco detalle los pormenores de la historia. Algo acerca de unas gemelas que terminaban por confundir a sus padres y que compartían al mismo chico sin que él se diera cuenta de que besaba o fajaba a una o a otra. La sensación que me provocó aquella narración era agridulce, porque se regodeaba en la descripción de las relaciones sexuales, las dibujaba con esmero, se detenía en detalles y era incisivo para calcar las atmósferas de las habitaciones, las texturas, las telas sedosas o ásperas, la suavidad o rigidez de los cuerpos y de las pieles, la temperatura de las manos comparada con la temperatura de las plantas de los pies y el pecho, era como estar viendo aquello en vivo. Aun así, recordando ese primer escrito hasta el último que trataba de detectives y que había terminado apenas unos días, lo considero un buen narrador. Su primer libro estaba terminado y pensaba enviarlo a algunas editoriales del centro del país.

A que no adivinas quién soy, me dijo una voz suave y femenina.

No tengo ni idea, le contesté y me sonreí. Por supuesto que sabía quien me llamaba.

Habla Perla, Perla Ávila, dijo siguiéndome el juego.

Qué sorpresa, contesté y de inmediato recordé su inconfundible perfume de cítricos. Junto con Fabio, Perla fue mi compañera en la universidad y siempre, desde aquellos tiempos, utilizaba la misma fragancia, era como si de sus poros emanara el aroma frutal y ácido.

Te hablo para decirte que me voy a vivir a San Antonio, a mi esposo le dieron un buen trabajo y pues ya nos vamos para allá.

El teléfono es una herramienta cruel, sirve para dar buenas o malas noticias, no se necesita mentir o disfrazar las intenciones de quien llama, permite que la voz se transporte de un sitio a otro con todo su peso y aristas. Me voy a vivir a San Antonio, dijo. Era una noticia difícil de tragar a esa hora de la mañana.

¿Cuándo?, fue todo lo que pude atisbar.

El teléfono es también maravilloso. Es la mejor droga de la verdad. En los diez años que tenemos de conocernos Perla se ha confesado conmigo por teléfono infinidad de veces. El auricular se volvió una máscara necesaria y por él, nuestra pequeñísima cofradía subsistía. Una mañana, como cualquiera otra, así sin más, después de estar hablando de Madonna y el beso furtivo y lánguido con otras dos jóvenes cantantes, Perla me declaró que le gustaban las mujeres y que si alguna vez intentaba salir con una sería lejos de aquí. Platicábamos de las últimas películas, del clima fatal, de los amigos, del beso lésbico televisado y, de pronto, no sé cómo, vino la revelación: Una vez, cuando Salvador salió de viaje, invité a cenar a mi amiga Paula con su novio. Avanzada la noche, su chavo se levantó al baño. Paula y yo nos miramos, sentía cómo su respiración me alcanzaba, miré su busto subir y bajar, así que no lo pensamos demasiado y nos dimos un beso. En mi vida había besado a una mujer y me agradó. Me incomoda un poco contarte esto pero sus labios eran mis propios labios, era como besarme, mi mano empezó a subir por su cintura pero no llegamos a más. Nos separamos de inmediato.

Ella era Perla, la misma muchacha que había sentado de una bofetada a un compañero cuando trató de agarrarle las nalgas. Me llamaba para contarme cosas que en persona nunca lo haría. En sus fiestas no platicábamos más de cinco minutos. ¿Sabes cómo se dio cuenta el novio de Paula de que nos besamos?, me preguntó incitándome al morbo que me provocó una erección. Porque yo acabé con la boca despintada. Eso dijo él, pero creo que un beso de esa naturaleza siempre se nota, termines o no con la boca despintada. A mí me atraen las mujeres, pero me dan miedo. Así terminó la conversación. Unos meses después vino la reunión anual y cuando nos saludamos parecía que aquella plática nunca había existido. Era la necesidad de conversar la que nos unía, era un lazo invisible de palabras. Cuando la tenía frente a mí me parecía tan lejana y fría, pero por teléfono se me antojaba, me excitaba su voz y sus anécdotas y sus secretos.

Me gusta por atrás, me expresó un día, pero sólo cuando algo muy fuerte, como un tipo de locura toma el control de mi cuerpo. Me gusta tragármelos, me murmuró. La excitaba contarme esas cosas y yo volteaba de un lado a otro temiendo que alguien pudiera enterarse de lo que platicábamos, porque debo agregar que nuestras conversaciones eran en horas de trabajo.

Tantos años conociéndote y ni un beso nos hemos dado, menos ahora que te vas, le dije. Yo jugaba con una pluma y observaba el cursor del procesador de palabras encenderse y apagarse.

¿De Eme, ya no has sabido?, me preguntó.

Nada.

Si pudieras, ¿regresarías con ella?

No. Cuando se fue, desde el principio nunca contestó el celular y su mamá no me quiso decir dónde estaba, sólo me comentó que se encontraba bien y colgó el teléfono. Desde entonces no sé nada de ella.

¿Dónde crees que esté?

Suspiré. El mundo era una infinidad de posibilidades. Pensé en Querétaro o San Luis Potosí como posibles destinos. Mi familia vivía en San Luis. Si me daba una vuelta por allá, quizá podría encontrarla. Me gustaba el Bajío para Eme.

Antes de partir, te hablaré para despedirme. Eso sucederá allá a finales de julio o agosto así que te avisaré con tiempo. Y agregó algo que me sorprendió: Si tuviéramos la oportunidad, ¿haríamos el amor antes de irme?

Dejé la pluma a un lado, de nueva cuenta, como aquellas veces que se confesaba, mi cubículo se encogió de golpe, escuchaba el amortiguado zumbido de la refrigeración.

Te voy a extrañar mucho, le dije, pero no sé si pudiera hacerlo contigo. Intenté imaginármela en ropa interior. Perla utilizaba sujetador talla 32, copa C. La imagen no se lograba concretar en esos momentos; me había tomado por sorpresa la noticia de su partida. Si me hablas mañana te digo, le comenté por decir cualquier cosa.

Tengo que contarte algo y creo que es importante. Nunca se lo he dicho a nadie y hace tiempo que lo traigo en la punta de la lengua.

Tengo una junta en veinte minutos, ¿cómo le hacemos?

Déjame contarte aunque sea el principio, así, ya empezada, tendré que relatarla completa más tarde u otro día. Si no, ni me atreveré.

Miré de nuevo mi reloj, miré el contador de tiempo de las llamadas y me dispuse a escuchar.

Sabes muy bien que soy de Veracruz. Tengo en esta ciudad tantos años que la verdad considero a Juárez mi verdadera casa. Aquí te conocí y aquí conocí a Salvador. A los doce viajé con mi mamá desde el puerto. El recorrido fue largo porque mi madre había decidido atravesar el país en camión. Teníamos dinero suficiente para hacer el viaje por aire, pero por alguna razón ella se empeñó en lo otro. Terminando Zacatecas el paisaje se vuelve seco, amarillo e inhóspito, no hay más luces alrededor que las de los pocos ranchos distantes como luciérnagas retiradas de la carretera. Torreón es la última ciudad antes de entrar al estado de Chihuahua y, como sabes, sigue Jiménez, luego Delicias, y notas que ahí la gente habla distinto y el verde de los árboles es menos verde y más terroso.

En la Central del norte en el DF mi madre fue asaltada. Un hombre calvo y tatuado hasta la frente le puso un cuchillo en la garganta, apretó lo suficiente como para que un punto diminuto de sangre manara. Le arrebató la bolsa con violencia; por suerte, ella traía la mayor parte del dinero y los documentos importantes en un pequeño monedero bajo la ropa. El atraco duró unos cinco minutos. Vi cómo ese hombre tatuado y oscuro le apretaba los senos y ella, aterrorizada, trataba de aguantar el dolor. Lloró largamente y su tristeza se me pasó a mí. Se tocaba los senos tratando de quitarse aquella congoja acuclillada a un lado de la puerta del baño. A pesar de que llorábamos, nadie nos ayudó. Con permiso, nos decían las mujeres que pasaban a un lado de nosotras.

Unos días después, en Juárez, en la casa de los tíos que nos recibieron, observé los moretones que mi mamá tenía en el pecho…

Lo siento mucho Perla, tengo que colgar, la interrumpí; estaba ansioso de seguir escuchando, de inmediato te regreso la llamada, esta historia no me la puedo perder. Le dije agobiado. Tenía que asistir a la famosa junta.

No te preocupes… me está sirviendo platicarte todo esto, háblame. Me pidió mi amiga con una voz relajada, como si en verdad aquella plática la necesitaba.

Pero no lo hice. La junta se alargó más de lo planeado. Un cliente me gritaba furioso que su embarque de tantos mil arneses llegaría retrasado. No pude llamarla ese día.

El auto estaba allí, bajo el calor abrasador de junio. El calor no importaba, hubiera podido ser octubre, diciembre o febrero; hubiera podido ser en Cuernavaca, Xalapa o San Luis Potosí. El auto hubiera podido ser otro auto, más nuevo quizá, pero nada cambiaría lo que yo sentía en esos momentos. La llanta de enfrente del lado del conductor estaba completamente desinflada, casi, casi, sonriéndome. Podía imaginar con detalle cómo el filo del rin mordía la flácida llanta sobre el caliente pavimento. Apenas ayer, por fortuna, había revisado que la cruceta estuviera en su lugar «no me vaya a ponchar», pensé, sin saber que mis palabras, en ese momento, eran proféticas. Y es que una de las cosas que más odio en este mundo es cambiar un neumático. Odio acuclillarme, odio el esfuerzo que se hace en la espalda para aflojar cada una de las tuercas, el sudor que baja por la frente y el cuello picando, dejando su rastro pegajoso; odio el peso mismo del auto, y sobre todo, aborrezco, detesto, ensuciarme las manos con la tierra, el aceite y la suciedad de la llanta de repuesto. Las manos ya no son las mismas después de tal hazaña, aunque sea por media hora que duren sucias o hasta que uno encuentre un lavabo, se vuelven rasposas. No soporto verlas oscurecidas, hasta pudiera decir que no son mías, siempre cuidando no dejar marcas en el volante o la ropa.

Miré de un lado a otro del estacionamiento. Aparte de mi auto, sólo había unos tres o cuatro más. Todos con sus llantas en buen estado, listos para recibir a sus pilotos y sin reservas conducirlos hasta el mismísimo infierno si fuera necesario. Miré al cielo y las pocas y lánguidas nubes estaban demasiado lejos todavía y aun si estuvieran cerca, no podrían darme un respiro del calor. Apreté las manos y me masajeé los ojos. Abrí la cajuela y comencé a sacar los utensilios necesarios para cambiar el neumático. De inmediato la batalla de quitar la tuerca tan apretada que mantiene la llanta de repuesto en su lugar.

Cuando era pequeño mi padre trató de enseñarme mecánica transmitiéndome la paciencia absoluta para alcanzar los rincones más remotos y ciegos del auto para aguantar los filos y las esquinas de los fierros llenos de aceite que componen el motor. Se esmeró en inculcarme algo de sus conocimientos, fue inútil. Cada vez que estoy frente a aquella incomprensible maquinaria, me siento perdido; son demasiados los espacios, las mangueras y los tornillos, todo se torna complejo. El mismo hecho de meter la mano a un sitio que puede morder, los dolores de los músculos que se tensan, las llaves de tantos tamaños y medidas para cada espacio y dimensión de tornillo.

El cambiar un neumático lo puedo comparar con lo que sentí cuando robaron mi apartamento. El año anterior, después de un viaje de una semana, alguien, algún desgraciado logró forzar la puerta trasera y unos cuantos libros, todos mis discos compactos, un anillo de oro que mi madrina me había regalado diecisiete años atrás y quinientos pesos, fue el botín. Al parecer, mi hogar había sido la guarida de aquel o aquellos tipos por varios días. Latas de comida permanecían vacías al lado de platos y sartenes sucios. Mi cama despedía un olor desagradable. La botella del champú estaba vacía, del jabón solamente quedaba una hoja delgada y fina, creo que hasta utilizaron mis esponjas de baño que, por supuesto, deseché; el dentífrico había desaparecido. Esa vez, cuando llegué a mi apartamento, eran las once de la noche. Llamé a un cerrajero de emergencia para que pusiera una chapa nueva. Salí a comprar un nuevo cepillo de dientes y todos los demás artículos necesarios para pasar al menos esa fatídica noche. Tiré las sábanas y la ropa regada por toda la casa, ropa impregnada de un aroma sospechoso. Qué más mundano que un robo de casa o un neumático sin aire. Muchas de las actividades diarias pudieran encajar en esta categoría pero nada me hace sentir tan vivo y tan pequeño y tan humano como esto. Si el tostador deja de funcionar, utilizas una sartén para dorar el pan, si el abrelatas se descompuso, puedes usar un cuchillo para abrir alguna lata. Todas estas pequeñas cosas tienen remedio.

A regañadientes coloqué la cruceta en la primera tuerca y con fuerza comencé a aflojarla, junto con el chillido de los hilos apretados, oí mis articulaciones ceder, el mismo esfuerzo lo iba a repetir cuatro veces más; el sol me seguía, lo sentía respirar en mi cuello.

Mientras subía el auto para desmontar la llanta averiada, pensé en el hombre de barba que había aparecido en mis sueños. Quizá a donde me fuera a vivir no necesitaría cambiar llantas. Sería el paraíso. No habría neumáticos desinflados, quizá ni siquiera autos.

Andy Dufresne, número de reo 37927, había escapado de una prisión de Estados Unidos en 1966 cuando llegó a México a pasar el resto de su vida como fugitivo y dueño de un pequeño hotel. Su refugio fue Zihuatanejo. Andy tendría alrededor de cuarenta o cuarenta y cinco años cuando se fugó de Shawshank, una correccional al norte del estado de Ohio, en medio de pastizales tan extensos que incluso hoy, uno puede darse cuenta de la redondez de la tierra. Cumplía una sentencia de doble cadena perpetua. El cargo, supuestamente, fue por asesinar a su esposa junto con su amante, un famoso golfista, a tiros.

Ellis Redding, el Rojo, número de reo 30265, en la primavera de 1967, ya un hombre libre, después de cuarenta años de cárcel por robo y asesinato, llegó hasta el Pacífico mexicano siguiendo los pasos de su amigo.

La historia ahí termina, al menos ahí es donde termina la película que vi hace años mal llamada *Cadena perpetua*. Pero me gusta pensar que Andy, al tocar México, sí cumplió su deseo de construir un pequeño hotel al lado de la playa. «El Pacífico no tiene memoria», le dijo a su amigo el Rojo, uno de esos días tan calurosos y húmedos de verano, cercano a su fuga, ambos recargados en una de las paredes rojizas de la prisión y rodeados de un brumoso silencio mientras el sudor corría por rostros. Entonces, llegada la noche en cuestión, harto de la corrupción y el maltrato constante del director del penal (que al final, descubierto por sus negocios oscuros y evasiones fiscales, se suicida), Andy utilizó la perforación que por casi dos décadas cavó en la pared de su celda para salir de ese infierno. Atravesó la cloaca de la cárcel y cruzó la frontera. El cruce que utilizó Andy Dufresne para llegar a la costa fue el desierto de Texas, muy cerca de Ciudad Juárez, por un pueblo que se llama Caseta.

En 1966 Zihuatanejo aún no era el espacio turístico importante en el que se ha transformado. Fue hasta la década de los setenta cuando Ixtapa comenzó a desarrollarse como un destino importante para vacacionar. Andy y Ellis construyeron un pequeño hotel en la playa La Ropa. Al principio sus vecinos recibieron con desconfianza a los dos nuevos «gringos locos», pero, un año después de su arribo, algunos se plantaron frente a ellos con un pastel para festejar el aniversario de su llegada.

El español de Andy, aunque rústico, fue suficiente para hacerse entender aquellos primeros meses; cerca de siete les tomó construir la primera parte de su hotel que llamaron El Palacio. Urgencia no había, el estado financiero de Andy era muy bueno, así que más que trabajo, fue una terapia necesaria que los dos hombres requirieron para mantenerse vivos y cuerdos. Por las noches, el uno o el otro o ambos, despertaban temblorosos y empapados en sudor sacudiéndose pesadillas que más o menos trataban de lo mismo: estar de regreso entre las paredes de aquel horrible lugar llamado Shawshank, reviviendo los encierros injustificados en las celdas de castigo o las palizas sangrientas por las cuales más de una vez terminaron en la enfermería.

Unas pequeñas cabañas, revestidas de blanca pintura y acondicionadas con hamacas al frente, fue el concepto que los dos gringos ofrecieron al turismo que ya comenzaba a crecer y que llegaría a su mayor afluencia allá por el verano de 1975.

Muchas historias de su procedencia y vidas pasadas nacieron alrededor de estos personajes. Muchas de las cuales ninguna se acercó tanto a la verdad como cuando un lugareño le preguntó a Ellis: «¿Es cierto que vienen huyendo de la policía?». Ellis se atragantó con la cerveza que bebía y, después de aclararse la garganta y mirar la puesta de sol, sólo dijo a su nuevo amigo: «Somos inocentes de todo cargo», mostrando una sonrisa larga, y fue todo. Esa era una frase que utilizaban en la prisión. Por supuesto que en una cárcel todos son inocentes. Ambos chocaron sus cervezas y rieron para seguir bebiendo hasta el amanecer.

Cuando yo nací, Andy tendría a lo mucho unos cincuenta y tres años de edad. Nunca se volvió a casar. Nunca se le vio con ninguna mujer, salvo en las esporádicas ocasiones que lo invitaban los nuevos amigos a sus casas o en las fiestas que organizaban él y el Rojo en el hotel. Como Andy había dejado el alcohol, esperaba los atardeceres solo, al lado de una limonada en un vaso alto y sudoroso aguardando que el Pacífico devorara ahora sí, los vestigios de los años en prisión, los encierros en el «hoyo», las violaciones por reos y las golpizas. Nunca mencionó a su esposa. Era verdad que en un punto de su vida la amó, pero en la cárcel estaba más ocupado en sobrevivir que en recordar los otros tiempos, los buenos, los viejos momentos del beso y el abrazo. La cárcel curtía.

En 1980, cuando Andy tenía cincuenta y nueve años, vio llegar a un gringo al hotel. Ellis, un poco preocupado, presenció de lejos el encuentro; ambos hombres, su amigo y el desconocido, vestido en traje y corbata, se dieron la mano y entraron en la recepción de El Palacio a discutir algo que el Rojo no sabía a ciencia cierta. Se mantuvo lejos con los brazos cruzados esperando impaciente, oyendo el agua golpear la arena, oyendo las palmeras agitándose y murmurando algo y las gaviotas batir las alas sobre su cabeza; media hora después, volvieron a salir los hombres y el gringo desconocido regresó por donde había venido. El Rojo le preguntó a Andy por aquel tipo pero nunca tuvo una respuesta clara de la visita.

Ninguno de los dos recibió cartas de Estados Unidos. Sus parientes, si aún estaban vivos, no tenían ni idea de dónde comenzar a buscarlos. Tampoco ninguno de los dos se preocupó en avisarles, habían cortado de raíz y no querían mirar hacia atrás. Para ellos no existirían los sabuesos ni los retenes especiales. El Pacífico sí devoraba la memoria y, aparte, desaparecía con éxito a la gente que quería esfumarse.

Andy Dufresne y Ellis Redding vivieron su vida tranquila como socios. Nunca discutieron, resolvieron juntos los pequeños problemas del hotel, haber vivido en prisión por tanto tiempo los volvió cautelosos, pero ahí mismo aprendieron a ser fuertes y apoyarse cuando era posible y necesario. Incluso se mantuvieron firmes en los años duros de la recesión mexicana, cuando vieron que sus ahorros en pesos se hacían menos. Afortunadamente para ellos, sólo una parte del dinero estaba en el banco mexicano. Lo demás descansaba en un lugar oculto.

En 2004 fui a Zihuatanejo. El viaje lo planeé precisamente por la película donde se muestra la vida de los dos amigos. Incluso un poeta de aquí de Juárez dice que escribió un pequeño poema inspirándose en el film, pero eso nadie lo sabe de cierto. Zihuatanejo no es lo que fue en los sesenta. Quiero pensar que todo ha sucedido así como yo lo imagino. Incluso el día que llegué a la playa La Ropa, un pequeño hotel llamado La Brisa me atrajo fuertemente. De inmediato supe que ese era el hotel que buscaba: cabañas blancas revestidas en sombras mientras el sol agonizaba en medio de las puntas de la bahía, entre las montañas altas y verdes forradas de una calma que sólo podía contemplarse en almanaques o afiches colgando de las paredes de las agencias de viaje. Era idéntico a como lo imaginaba, el hotel de un hombre inexistente. Como un espectro, un individuo de casi dos metros de alto con el cabello encanecido peinado hacia atrás me saludó. Andy se desprendió de la pantalla del cine pisando la misma arena que yo pisaba y, por más de treinta años, el atardecer calmó sus demonios; en ese lugar la brisa frente al Pacífico le murmuró lo mismo que a mí: el mundo se mueve y respira.

El hotel ya no lleva el mismo nombre, en vez de llamarse El Palacio ahora las pequeñas cabañas se llaman La Brisa. La estructura se asemeja a la original, a la que Andy y Ellis idearon y pusieron en pie en siete meses. Esa tarde, en una tiendita a la orilla del mar, me compré una cerveza y la bebí cerca de los restos de una lancha, donde creo que El Rojo se embriagó por muchos años; un grupo de niños jugaba futbol, una niña trataba de volar un papalote. Cuando vacié el envase, me di media vuelta y regresé siguiendo mis huellas, sin perturbar nada más a mi alrededor, luego me detuve y volví la vista para contemplar por última vez lo que nunca había sido.

Ellis murió en 1999 a causa de un infarto al corazón. Andy y sus amigos mexicanos se encargaron de los arreglos funerarios; las cenizas fueron regadas mar adentro. Andy, desde que estuvo en la correccional, no había bebido ni una cerveza, la borrachera que agarró cuando sucedió el asesinato de su esposa fue suficiente para nunca más hacerlo. El día en que el Rojo murió, se dirigió hasta el refrigerador y, conmemorando a su amigo, se tomó una botella completa.

Andy falleció de viejo en el 2000 rodeado de sus amigos. Alguna placa dorada honra las vidas de estos dos hombres y tal homenaje se encuentra por ahí enterrado entre la arena y la maleza: «En memoria de Andy Dufresne y Ellis Redding, amigos».

Martín, ¿qué haces aquí?, me cuestiona el cantinero.

¿Ya viste cómo se está cayendo el cielo?

No me importa que la misma ciudad se esté hundiendo en este instante, no eres bienvenido, no quiero más problemas.

Una cerveza y nada más. Mira, te la pago por adelantado.

El cantinero a regañadientes, al ver el dinero dispuesto sobre la mesa, abre una botella y de mala gana la coloca frente a mí.

Esta será la última cerveza que te tomas aquí, me advierte con su voz de zapato viejo.

El lugar está vacío y la rockola parece bostezar de aburrimiento. El cantinero estaba enojado conmigo porque hacía una semana, en un aspaviento, abrí los brazos y alcancé a rozar a un parroquiano, el cual, sin entender lo que sucedía se sintió ofendido, los ánimos se caldearon, me gritó y me empujó, yo también, un poco acalorado por el trago, me levanté y regresé la afrenta. El dueño del bar me pidió que saliera, me había desterrado indefinidamente, la humillación se me revolvió con la incertidumbre de lo que podía suceder si no regresaba nunca a ese lugar; esperé a que mi orgullo sanara, a que el incidente fuera tan sólo uno de esos sin importancia porque la cantina me gusta. Tiene una madera milenaria y una hilera de botellas que no cualquier bar podría presumir. Si fueran a rodar una película en esta ciudad, seguro que aquí empezaría, en este sitio de buena muerte. Porque fallecer entre sus mesas recién barnizadas y la música naciendo de aquel aparato moderno y a la vez antiguo con todas las sillas esperando el peso del alcohol, sería un lujo.

Me levanto y selecciono dos canciones. El cantinero menea la cabeza con desaprobación, como diciendo, no deberías estar aquí, Martín, deberías tomarte esa cerveza y largarte porque no tarda en llegar el patrón y me va a regañar. Raymundo Ostos es el propietario. El bar primero fue de su padre. Su padre lo ganó en una apuesta de caballos, allá por 1947. Treinta años más tarde lo heredó Raymundo, hombre menudo y cano y de mala cara que se la mantiene arrinconado leyendo el periódico y bebiendo una eterna taza de café. Decían que tenía mal humor porque nunca había querido ese bar y cuando estaba a punto de rechazarlo, su padre murió de un infarto. No teniendo otra forma de ingreso tuvo que ocuparse de la cantina, pero todos esos eran simples rumores. Le doy un pequeño trago a mi cerveza. Quiero quedarme aquí hasta que la tormenta de arena pase o al menos mengüe. No se ve más allá de los mismos ojos.

Recuerdo la historia del Almirante Arriaga, un viejo que vive sobre la calle Cadetes del 47, rumbo al centro. Es un viejo que, según me han dicho, se sube a los camiones a recitar un poema: «Será en este puño donde quepa la noche, será en la demora de los vientos y las arenas donde se ancle la palabra *palabra*, y de toda esta estrella a la que nos sujetamos, cae de prisa sin caer y nos ahoga sin asfixiar la estación más arriba», decía el hombre, después alza la mano en busca de alguna moneda y da las gracias y sobre la Posada Pompa se bajaba para dirigirse a su casa. Alguno de mis amigos lo han visto recitar el mismo poema en varias ocasiones. Una vez Fabio me platicó de aquel tipo, el Almirante. Nos subimos a la ruta para encontrarlo y escuchar el poema de siempre, pero fue inútil. Quizá había descendido para nunca regresar a los camiones, me dijo. Le llamaban Almirante Arriaga por un saco que vestía y semejaba parte de la indumentaria de un uniforme de soldado. Recuerdo la historia porque quizá, como dice mi amigo, en verdad se fue. Se cansó de esta tierra y sus tolvaneras y se fue a decir sus poemas a un lugar más tranquilo; pero tengo otra teoría.

Hace unos años, me invitó a una lectura de poesía. Se iba a realizar en una de las salas del museo. A última hora mi amigo me llamó para decirme que no iría porque necesitaba terminar un trabajo.

El escritor, un hombre malencarado, arrugado y canoso, venía de una pequeña ciudad de Chihuahua. Desde el primer momento que lo vi, supe que era un tipo insufrible. Al llegar, le tendí la mano y no me regresó el saludo. En la mesa, cuando fue su turno de hablar, ni siquiera le dio las gracias a las instituciones que lo habían invitado. Algo que en otros eventos sucedía como parte del protocolo. Para ser sincero, no me esperaba nada interesante. Nunca había oído hablar de él. Crucé los brazos pensando que pasaría los más aburridos veinte minutos de mi vida.

El poeta dio un sorbo al agua y comenzó a leer un texto que hablaba de su gato; me pareció tierno y pomposo. Luego leyó algo sobre su hijo de once años y las soledades de la edad, el poema me interesó, en verdad aquel hombre parecía que tenía cosas que decir. Descrucé los brazos dispuesto a escuchar lo que seguía, entonces comenzó un poema largo sobre la ciudad, para ese momento, el poco público escuchaba con atención. El poema hablaba sobre puertas que se cierran y abren con la despedida y las fiestas perennes en los patios traseros, decía algo sobre los adioses llanos, tan severos que roen los huesos de las palabras, y el poeta cada vez que nos veía parecía bautizarnos con sus versos, yo era «fechas como barcos en retirada», la mujer de al lado era «avispa de agua, marca de aguja» y ya el público era una bodega de oídos. Atrás de mí, un joven tenía los ojos vidriosos por un llanto que buscaba nacer. Parecía que cada uno de nosotros había recorrido las calles que el poeta nombraba, cada una de sus avenidas dolía cuando la gente las pisaba o rodaban los autos sobre ellas, la ciudad era esto y lo otro y todo se reducía a una luz encendida en el porche, esperando, siempre en guardia.

Cuando los presentes nos sentíamos los más afortunados de estar escuchando las palabras exactas y dolorosas para describir una ciudad que emanaba de la voz de aquel amargo personaje, el poeta se detuvo. Dijo algo como: «Total, es un simple poema», dio otro sorbo de agua y se retiró del escenario sin chistar. Los organizadores estaban tan estupefactos como nosotros. Los aplausos tardaron en llegar porque no se entendía lo que pasaba: ese era el mejor y, al mismo tiempo, el peor cierre a un espléndido poema. Aplaudimos hasta cansarnos y hasta este momento no sé si el poeta escuchó al menos el principio de las ovaciones.

Creo que ese hombre, al que mi amigo llama el Almirante, es aquel poeta, quien, en su amargura, al salir corriendo del museo se perdió entre las calles de Juárez. Lo sabré hasta que un día me lo encuentre en el camión recitando su poema y lo reconozca, porque desde entonces, del poeta aquel no sé nada.

Le pido una servilleta al cantinero.

Mejor tómate lo que te queda, me dice prepotente.

No estoy bromeando, le arrojo las palabras, dame una servilleta.

El cantinero al escuchar mi tono da un paso hacia atrás. Entiende que no debe pasarse de la raya.

No quiero discutir, de un trago me tomo lo que me queda y me dirijo al automóvil, no sin antes mirar por última vez la barra de roble incansable, la contra barra vieja y cuidada multiplicándome en su espejo. El aire terroso ha amainado.

¡A que no adivinas quién habla!, le digo cuando levantan la bocina del otro lado.

Pensé que ya se te había olvidado nuestra plática, me contesta Perla, pero está tan ansiosa de seguir con su historia que no me recrimina. ¿En qué me quedé?

Y yo le recuerdo. Su relato me tiene en ascuas. De nueva cuenta estaba en la oficina y Perla recostada en uno de sus sillones blancos, como si se tratara de una sesión con su sicólogo.

¡Ah, sí!, me dijo, toma un poco de aire, tiene los ojos cerrados; cuando llegamos de Veracruz a Juárez, un hermano de mi mamá, mi tío Jacinto, nos hospedó en su casa. Unos días después, en la tranquilidad de la tarde, observé los moretones de mi mamá.

A las dos semanas de aquel espantoso atraco, su busto mostraba unos borrosos manchones morados. Me llamaba la atención, sobre todo, la marca en uno de los costados, era las huellas que habían dejado los dedos de aquel tipo.

Perturbada por lo presenciado contra el cuerpo de mi madre, volví al baño, cerré con llave y me quité la camiseta y el corpiño, contemplé mi torso desnudo y delgado contra el fondo de azulejo blanco, mis costillas marcándose sobre la piel, mi pecho subía y bajaba, sintiendo el aire que suave entraba por la ventanilla. Mi mano derecha sujetó mi seno izquierdo y mi mano izquierda el contrario, respiré profundamente antes de cerrar los ojos y apretar con fuerza, hasta cansarme, buscando esa marca que no entendía. Cuando solté, mis uñas se habían hundido en la base de mis senos y estos adquirieron un intenso color rojo. Ahora los sentía muy grandes y palpitaban, pensé en aquel hombre tatuado y una sensación morbosa me inquietó. Rápidamente me vestí y bajé a comer, pensaba que descubrirían lo que había pasado porque mientras mi mano subía del plato a mi boca rozando el pecho, un dolor se expandía hasta los pezones. Pero no fue así, nadie se enteró. La idea de las marcas de mi madre se incrustó en mi cabeza. Lo volví a hacer cuatro veces más. Al terminar me sentía invadida por una culpa que nacía en la boca del estómago, pero antes, apenas unos segundos antes, había otro tipo de sensación.

A los quince años mis senos habían crecido lo triple de lo que eran cuando llegué a esta ciudad. Mi espalda angosta ayudaba a que se vieran más grandes, usaba copa C para entonces y estaba segura de que mi madre no se había olvidado en su totalidad de aquel suceso en el DF. Nunca mencionó el atraco pero una mirada perdida de pronto revelaba de nuevo al mal viviente. Yo, en cambio, de vez en cuando, despertaba con la imagen de la marca morada al costado de su pecho, era como una vela encendida haciendo un canal en medio de la oscuridad del campo.

Las dimensiones y las formas del cuerpo siempre tienen el mismo aspecto hasta que uno se pone a compararlos con las ropas viejas que ya no usa o le quedan chicas. Así un día, de pronto, me di cuenta de que mis senos se desbordaban de mis manos. Sola, en mi recámara, miré por la ventana que da hacia un parque vacío y seco donde los únicos paseantes eran dos gatos. Estudié mi reflejo desvanecido en el vidrio. No lo pensé dos veces. Apreté, apreté como si mis manos no fueran mías y mis senos fueran ajenos. Fue una opresión larga, severa y contundente, me hinqué de golpe. Una lágrima corrió por mi rostro. El dolor me sofocó y fue cuando distinguí y comprendí lo que de niña me provocaba placer. Algo que me humedecía. Fui hasta al espejo del baño, mis ojos estaban rojos y acuosos, encontré una ligera satisfacción en lo que descubrí: un moretón se gestaba en mi pecho llegando casi hasta la areola.

Me gustan las formas femeninas. Me imagino que si tuviera en mis manos los senos de otra mujer, me gustaría apretarlos para sentir su cálido peso. Lo sensual del dolor, como si mis manos fueran de alguien más estrujando. En San Antonio no se qué me espera, pero cuando salga a pasear sola aceptaré el trago de alguna muchacha en algún bar, luego… no sé. Hay veces que lo pienso y la idea me provoca sensuales escalofríos, pero hay veces que ni siquiera puedo imaginarme tales cosas, me lleno de vergüenza.

Perla hace una corta pausa y continúa: Por eso te pregunto si antes de marcharme te atreverías a acostarte conmigo. Aún no entiendo por qué te lo pido pero creo que es necesario para mí, acaso pueda borrar por completo la idea de estar con alguna mujer si me acuesto con un hombre distinto a mi esposo. Él aún me atrae, me gusta su cuerpo, pero quisiera saber si la monotonía me está llevando a otros sitios.

La historia me ha dejado sin palabras. Tengo una erección. Miro a los lados como siempre lo hago para confirmar que la gente a mi alrededor está distraída en otras cosas y no en mí. Contesto lo primero que se me viene a la mente:

¿Y si estuviera Eme conmigo cambiaria algo de esto?, lo pregunto pero sé que no le incumbe. Al darme cuenta de la pregunta tan estúpida cierro mi mano como queriendo asir las palabras en el aire, pero ya es inútil. Eme se ha marchado, aunque últimamente soñara con ella, no regresará y no quiero que lo haga; en cambio, Perla es real.

No. Es su respuesta. No me importaría que ella estuviera aquí, ella o alguien más. Si lo piensas bien y me dices que no, no me afectará en nada. Estoy segura de que Salvador ha tenido una amante, de pronto se lo puedo ver en los ojos, pero no me atrevo a confrontarlo. ¿De qué serviría? Quiero ver y sentir lo que él ha visto y sentido y quiero lograrlo antes de cruzar una línea de la cual ya no pueda regresar. Finaliza de tajo, sólo escucho su sensual respiración.

Lo pensaré, le contesto pausadamente. Pero ya tengo mi respuesta.

En el cubículo de enfrente escucho a una mujer quejándose de su trabajo con un compañero. En el cubículo de atrás un hombre de voz estridente habla por teléfono. Pienso en mi amiga que antes de hablarle tomaba el sol a un lado de su piscina.

Debería salir de aquí y dirigirme a su casa. Tomarla ahí mismo, mientras Salvador está fuera con unos futuros clientes y sus hijos estudian en el colegio más caro de Juárez, pero no me atrevo.

Me llega un correo electrónico que requiere de toda mi atención. Me despido de Perla.

Debería irme a Brasil.

El sueño repetitivo del hombre con barba me despertó. «Te tienes que marchar», me dijo de nuevo y la sensación de caer al vacío volvió a sorprenderme.

El sueño era sencillo: entro en una recámara donde hay dos perros grandes blancos durmiendo a sus pies. La habitación está cubierta de estantes llenos de libros. El hombre frente la computadora deja de teclear y me ve como si supiera que estoy ahí, esperando sus palabras, y me dice: «Te tienes que marchar», no puedo ver los ojos del hombre porque lleva lentes que reflejan lo que había en la habitación, incluyéndome. Entonces despierto. Así había sucedido y hoy no era la excepción.

Hace calor, me levanto y miro mi cama desarreglada de un solo lado. Me estiro y siento cómo los músculos se llenan de oxígeno; bajo a prepararme un café cargado.

En mi casa, navegando por la red, me encuentro con la misma noticia de todos los días, el estado del tiempo, la cartelera del cine, los videos graciosos o increíbles de gente extraña que necesita constante atención, cortos de películas, o videos musicales; todo pasa frente a mí sin mucho interés; estoy decidido a apagar la máquina cuando en la página de los videos encuentro un tesoro.

En mi vida había visto un video de la verdadera chica de Ipanema, Astrud Gilberto. La muchacha, el ícono de los años sesenta y setenta, engalana un vestido azul sin mangas e interpreta para mí la famosa canción en una fiesta que apenas sirve de fondo para retratar lo que fue un Brasil imaginado desde Estados Unidos. El espejismo de un mundo donde sólo existe la celebración; pero más allá de las puertas y las ventanas que lo contienen todo en esa fiesta actuada, la chica de Ipanema observa fijamente a la cámara igual que una terrible actriz donde sólo su voz sabe actuar.

Los ojos de la muchacha que ha caminado por un malecón de notas, me llaman y tratan de convencerme de que Brasil es adonde debo llegar, es una señal, me digo, mientras la mañana clarea y la temperatura comienza a subir allá afuera.

Astrud Gilberto y su rostro largo de alguna manera atractiva, me despierta y digo «aaah» de una forma suave y diluidamente erótica, como beberse un licor refrescante. La veo y un nudo en la garganta no me permite más que llorar, he escuchado esta canción toda una vida, nunca había visto a la Gilberto ni en portadas de discos y ahora que la red me la regala estoy seguro de que sí es una señal. Al fondo, Stan Getz toca el saxofón más dulce y placentero que pueda existir, lleno de domingos que quise festejar imaginándome un Brasil donde la gente no hace nada, solamente observa, platica, escucha y come. Días llenos de churrasco y tragos y músicas que vivo a destiempo, pero aun así, ¿qué música no se vive a destiempo? Cierro los ojos y la tranquilidad de un mar en una bahía que siempre he supuesto hermosa, me hunde de los hombros, me relaja, me hace flotar. No imaginaba el delgado cuello de Astrud, ni sus piernas. Ahora, por primera vez, mis lágrimas la acompañan. Ella es la respuesta, con tan sólo contonearse, la chica, la *garota,* la moza de cuerpo dorado se ha vuelto mi carta de partida.

Aquí afuera, un campo que apenas el año pasado era un sembradío de algodón y que pronto quedará bajo casas y veloces autos goteando aceite y niños con bicicletas y pelotas y ladridos de perro, despierta y comienza a despedirse de sus mejores tiempos, no habrá ni una semilla que florezca, nada, pero eso ya no lo veré.

La chica de Ipanema en un Río de Janeiro donde hace calor cuando aquí el frío permite las chamarras y los cafés y los cuerpos discretos bajo pantalones de mezclilla, termina de cantar.

Ya le platicaré a Fabio sobre mis sueños. Se desvanece la mujer que es más que un poema. Apago la computadora y oigo el despertador sonando. Hoy es sábado y no tengo adónde ir.

«Te tienes que marchar.» Y quizá sí lo tengo que hacer. La ciudad se llena de un calor y de una vibra insoportable. Pero aún no encuentro una buena razón para irme de aquí.

A Martín lo conozco desde la universidad y continúa siendo el mismo joven silencioso de hace diez años; junto con Perla Ávila, algunas veces nos reuníamos a hacer tareas y a comentar cosas triviales. Podíamos gastar horas platicando nimiedades como del tipo de agua de los lugares que conocíamos. En los años ochenta, el agua de San Luis Potosí salía tibia y no era necesario calentarla para bañarse. En Mississipi el agua es tan delgada que resulta difícil quitarse el jabón del cuerpo; el agua en Montreal es la mejor que mi amigo había conocido, tan cristalina y sedosa, quizá como debía ser en su forma más pura y natural. Después, Perla se casó con un joven adinerado y nuestras reuniones se limitaron al festejo de su cumpleaños en su casa de San Marcos. Martín y ella hablaban frecuentemente por teléfono y, según mi amigo, Perla era la misma muchacha de siempre, pero la sequedad con la que nos recibía cada vez que llegábamos a su casa, me hacía pensar que no era la misma mujer universitaria que habíamos conocido ni que era verdad que siguieran comunicándose con frecuencia. Se quedaba con nosotros no más de cinco minutos, platicábamos del clima, de cómo nos iba en el trabajo, le dábamos un abrazo y ella se retiraba a la siguiente mesa, donde, posiblemente, repetía las mismas líneas. En su defensa, debo decir que su invitación era genuina, porque al menos yo no reconocía a nadie en aquellas fiestas, a ningún otro ex compañero de la universidad y eso era lo que nos hacía ir. La saludábamos, dejábamos un regalo, regularmente algún libro, nos bebíamos unas cuantas cervezas en su honor y nos marchábamos a otra fiesta. Esporádicamente me platicaba los diálogos graciosos que sostenían, algún chiste que le contaba y cosas por el estilo, nada trascendente. ¿Por qué a él le llamaba y a mí no? ¿Qué no éramos igual de amigos? ¿Qué tipo de conversaciones tenían? No es que me interesaran sobremanera, pero una delgada curiosidad me llenaba de ansia.

En cambio, creo que solamente dos cosas importantes le he ocultado a mi amigo.

La noche en que Eme se fue del departamento de Martín, yo me enteré por ella misma. «Nos peleamos y me voy», me dijo sollozando, con una voz dura y convincente.

«¿Algo está mal?«, le pregunté aún adormilado. Casi nunca me llamaba por teléfono, y cuando lo hacía, las charlas se reducían a invitaciones a cenar con ella y con Martín.

«Nada, y ése es el problema, me contestó. Es que tu amigo es demasiado y no hay nada en él que no odie. No le intereso y no me interesa... –Hizo una pausa y un suspiro anunció que algo importante me iba a revelar–. Ya no hacemos el amor, al fin me dijo, porque la última vez que lo hicimos, para poder terminar, tuve que pensar en alguien distinto a él. Llega demasiado cansado y lo único que quiere hacer es leer. ¿Qué es lo que lee, qué tanto puede leer que lo mantenga tan entretenido?»

Yo la escuchaba, miré mi reloj, eran las once de la noche y sólo pensaba en cómo la estaría pasando Martín.

Nos peleamos por un simple tenedor que no se encontraba en su lugar, le dije que no fuera infantil y que ordenara bien la cocina, me contestó que él no era ningún niño y no me contuve, algo se apoderó de mí, un tipo de odio cansado, como un león hambriento que haces enojar y sueltas al público. Un comentario le siguió a otro cada vez más hiriente. Es increíble todo lo que puede contener un simple tenedor, me confirió Eme que ya no sollozaba, repasaba en voz alta y firme cada una de sus acciones. Un tenedor era demasiado poderoso, sin duda. Entendí que no podía estar con alguien así, le reclamé hasta el color de las cortinas e injustamente le aventé un billete de quinientos pesos, «toma, para que compres unas nuevas», le grité. Esa fue la humillación y fue el acabose. Así que cuando Martín rompió uno de los platos, el estruendo me sacó de aquel trance. ¿Qué estaba haciendo gritándole en medio de la cocina? Le dije que me iba y que no me buscara. Quizá lo haya entendido como un gran enojo, pero fue más el horror de haber hecho lo que acabábamos de hacer. Lo odié en verdad, porque nunca podría entenderme. ¿No es extraño? Odiar al muchacho largo y moreno y tranquilo que no se mete con nadie, a eso me refiero, odiar su cabello, y su barba de tres días, al joven que tú conoces de hace años y que le gusta la cerveza. Por él odio la cerveza. Sólo el hecho de pensar en ella me revuelve el estómago. Besarlo se volvió insoportable y no lo entendía hasta que algo interno se rompió y toda la porquería brotó con mucha facilidad.

Yo, apenas reconocía a Eme. Hablaba con tanto rencor. Hace tres días que habíamos cenado los tres en su departamento y no había notado ningún indicio de lo que estaba escuchando.

Me voy a vivir a Querétaro y quiero que él nunca lo sepa, Eme completó tajante, no te hablo para decirte que no se lo digas y que en verdad quiero lo contrario. Te aviso para que compartas mi tragedia porque te corresponde, me reveló Eme, para que seas mi cómplice porque nadie más lo sabrá. A mi madre le dije que me iría a Monterrey por cuestiones de trabajo, sólo tú sabes la verdad y quiero que la guardes muy en lo profundo de ti aunque sufras un poco, por todo esto que aparentemente no te corresponde.

Y claro que yo estaba seguro de que no me correspondía, cien por cien seguro. Me había levantado y estaba sentado al borde de la cama, en medio de la oscuridad, mientras mis pies buscaban los huaraches, me levanté y volví a sentarme. ¿Aparentemente yo era parte de aquello?

Eme, estás muy alterada y yo demasiado dormido. Entiendo que quieras hablar pero, ¿qué me hace parte de este embrollo?, le dije consternado.

Volví a pensar en Martín, en mi amigo, quien conocía mis cuentos y opinaba sobre ellos y con el que compartía lecturas.

El muchacho que un día me confesó con los ojos rojos que había cogido una enfermedad sexual y necesitaba dinero para el tratamiento y eso había sucedido en el segundo semestre de la carrera, era el único amigo que tenía al que le había sucedido algo así, cuando salió del consultorio se veía tranquilo, resignado.

¿Sabes en quién pensaba cuando hacía el amor con Martín? ¿Sabes a quién imaginaba que me tocaba y me besaba los senos y me penetraba cuado, cuando... ¿Sabes en quien pensaba cuando me hacía sexo oral y antes de venirme tenía que morderme los labios para no decir el nombre equivocado?

No, le contesté, no tengo idea y no entiendo lo que me dices, la conversación me estaba desesperando.

Entonces colgó. «Aguardaré unos minutos más, luego le marcaré a Martín», pensé. Me levanté pesadamente de la cama aún con el auricular en la oreja, la noche estaba tibia, desde ahí veía los departamentos vacíos de enfrente.

Eme y Martín ya no eran pareja, las cosas sucedían y sucedían para siempre, si algo se rompe difícilmente puede volverse a pegar y si se logra, quedan las pequeñas cuarteaduras, con grandes posibilidades de que eso vuelva a fracturarse. Ya no se repetirían las pláticas en su departamento, ya no probaría ese estofado que Eme preparaba para las fiestas, ni las idas al cine, ni las borracheras en los bares del centro. Comprendí: ahí, en medio de mi recámara me cayó una descarga eléctrica, volví a sentarme al borde de la cama. Nunca lo había visto venir ¿qué podía agregar? Me descubrí mirando una de las esquinas de mi ventana, pensando en Eme, mujer guapísima, alta y esbelta, la que me saludaba de beso, la gerente de un bar que siempre me tenía una mesa disponible. Se había cansado de esperar, de realizar los grandes planes junto a mi amigo. Por fin se había cansado.

A Martín nunca le he comentado la llamada que María me hizo antes de irse de la ciudad. De hecho, para guardar las apariencias y no despertar ningún tipo de sospecha, esperé a que él me contara lo de su ruptura. Ella lo había logrado, me había hecho parte de aquel embrollo. Tres meses después de que se fuera, me llegó un mensaje a mi celular: «Hola», decía; sospechando su procedencia, investigué la clave lada del número telefónico. Era de Puebla. Nunca contesté al mensaje. Lo conservé por un tiempo en mi celular hasta que una noche lo borré.

Con la partida de Eme, como es de esperarse, Martín se deprimió. Duró un mes sin salir a beber y adelgazó mucho. Al día siguiente del rompimiento me contó a detalle lo ocurrido; trataba de mostrarle sorpresa, ¿por qué crees que haya sucedido?, le preguntaba y cada vez que lo hacía, una mano invisible me apretaba el estómago. Él dice que me llamó esa misma noche pero mi teléfono, por obvias razones, sonaba ocupado. Qué extraño, le comenté. Te ves flaco y ojeroso, le dije a una semana del percance, ya se te pasará. Y así fue. El terrible rompimiento lo superó más rápido de lo que pensé. Desde entonces, muy pocas veces el nombre de Eme sale a relucir en las conversaciones; de hecho, cada vez que sucede parece menos incómodo.

El segundo secreto que le guardo a mi amigo incluye a Perla.

Una sola vez estuvimos a punto de hacer el amor en su departamento. Martín y yo quedamos de vernos con ella, y, por un imprevisto, no pudo alcanzarnos. Perla puso la película *The Rocky Horror Show* y, acompañados de unas cervezas, comenzamos a ver juntos el video. A la mitad, la película me pareció aburrida, me daba la sensación de escuchar música enlatada y predecible. Así que le dije a Perla que había cosas más interesantes que hacer que estar viendo aquel bodrio. ¿Cómo qué?, me preguntó ella. No sé, pero deja lo pienso y lo discutimos. En verdad no tenía ni idea de lo que podían significar mis palabras en aquel momento, quizá fue el sopor de la música combinada con la cerveza, pero ella malinterpretó o le dio un significado suculento a mis palabras.

Se acercó y comenzó a besarme el cuello mientras se quitaba la blusa y se desabrochaba el sujetador con una urgencia ebria. Sus grandes y pesadas tetas descansaban en mis manos. Toda ella irradiaba calor. ¿Me dejas ver tu sexo? Le pedí como si le hubiera solicitado una servilleta o una nueva cerveza. Tengo un sexo precioso, me dijo muy fresca y coqueta. Se levantó del suelo y retrocedió unos cuantos pasos. Se bajó el pantalón, no llevaba calzones y me mostró la entrepierna. Su vello púbico formaba un triángulo equilátero perfecto y oscuro. De pie frente a mí, comenzó a avanzar con pasos lentos hasta mi boca; yo estaba sentado en el suelo con el televisor a mis espaldas, la luz y los colores iluminaban su vientre y mi sexo erguido palpitaba, lastimándose, tratando de buscar la salida de los pantalones. Así recibí su sexo, su sabor perfumado, sus labios, sus líquidos. Pero fue todo. Unos minutos después, cuando ella comenzaba a jadear, cuando yo veía una verdadera posibilidad de acostarme con ella, cuando mis manos subieron por los tobillos, acariciando hasta llegar y sujetar con firmeza sus nalgas, el teléfono sonó y la travesura, porque eso era lo que estábamos haciendo, se terminó. Sin decirme nada, se separó de mi boca y fue a contestar el teléfono y se encerró en el baño, en el camino, recogió el pantalón, el sujetador y la blusa blanca. Estaba excitadísimo, por encima del pantalón toqué mi pene abultado, estaba caliente; dudé si desvestirme y recibirla ahí en medio de la sala o quedarme quieto, ver que sucedía y así, divagando entre una idea y otra, lo entendí. Cuando ella salió del baño ya estaba de nuevo vestida y terminamos de ver lo que restaba de esa película estúpida.

Nos bebimos una cerveza más y al acabarse el Show de Rocky, nos despedimos, fue tan sólo un beso apenas rozando los labios, como nunca lo habíamos hecho, y creo que eso marcó nuestra relación para siempre. Eran las doce de la noche cuando salí de su casa. En mi nariz se había quedado el perfume y la sedosidad de su sexo.

Nunca he sabido si Martín conoce aquella mini aventura, pero si Perla le contó, mi amigo lo ha disimulado bien.

Entre Perla y yo nunca hubo nada más. Ni siquiera una llamada. Luego se casó. Eventualmente, sobre todo cuando Martín me habla de sus esporádicas conversaciones, me pregunto si ellos alguna vez hicieron el amor al ritmo del *Show de Rocky Horror*.

El avión despegó a las siete de la tarde. Desde la reja ciclónica el ruido de los motores se fue haciendo pequeño hasta formar un punto y desaparecer por completo. Ahí dentro, en aquel lugar común de pájaro inmenso, iba Mariana.

El avión se llevaba demasiadas cosas.

Nos habíamos despedido en un hotel cerca del puente internacional Córdoba. La habitación era la 324. Afuera el sol nos anunciaba un letargo apacible cuando toda aquella luz cósmica y reluciente se hundiera tras los cerros de la ciudad. La besé. Nos desvestimos y quedamos tendidos sobre las sábanas.

Tendrá que ser así. Siempre lo es. Fabio, la distancia es necesaria, me dijo señalando nuestros reflejos desnudos frente a nosotros.

Pensé comprender lo que me decía y asentí abrazándola más fuerte, apenas un día antes nos habíamos conocido jugando al billar; cuando vi que era inminente mi derrota, decidí dedicarme a beber y observar cómo estudiaba el campo de paño verde, cómo se tensaba su cuello antes de disparar, su espalda recta y su tiro elegante, cómo se tomaba en serio el juego. Al finalizar el quinto partido me pidió que la acompañara a su hotel.

Había leído de un escritor gringo que la carne no ofrece soluciones y era verdad, ella se marchaba y mis manos se preparaban para abrirse y dejar partir lo que nunca fue. Ninguna solución. Ningún regusto, porque apenas era un ligero suspiro de lo posible. Al menos habíamos decidido escribirnos, porque el pasado empieza exactamente al parpadear, como si se borraran las páginas de un cuaderno sobre el agua.

¿Iras a verme?, quiso saber.

Por supuesto que iré, apenas estás a hora y media en avión, no es como si fuera el gran viaje, le contesté. Mariana vive justo donde acaba o empieza el norte según lo quisiéramos ver. Según donde uno se encuentra. Aquí en Juárez, en verano usamos camisas manga corta todo el día. Allá, un ligero viento frío baja del cerro de la Bufa y se va amoldando sobre todo lo que toca, para mí ese ya no es el norte, Zacatecas es otro tipo de frontera.

Nos veremos allá en dos meses, concluí.

No obtuve respuesta, su mano derecha acariciaba mi estómago y había cerrado los ojos. El televisor encendido y mudo transmitía una película de acción y las explosiones que sucedían más que terribles, me parecían hermosas e inquietantes entre las llamas naranjas y el cómodo silencio. A los pies del aparato, mis pantalones permanecían sobre la falda de Mariana.

Había bastado una noche para sentirla entrañable. No era necesario hablar; no se requerían palabras para sentirse cómodo.

Mariana ya no me acariciaba el estómago, su mano solamente descansaba en mi vientre, bajaba y subía junto con mi respiración. Después de unos segundos se levantó como recordando algo de súbito. Nos tenemos que ir, me dijo, ya es tarde. Anda, vistámonos.

La jalé hacia mí y ella me besó. Se sentó al borde de la cama, tomó con su mano derecha mi pene y lo introdujo en la boca lo suficiente para que su calor actuara sobre él y lo pusiera erecto. Lo acarició con su lengua y me dio un gran beso en el glande. Se fue directamente al baño. El escritor gringo tenía razón. La carne no resuelve nada. Mariana también lo sabía. Me vestí y tomé su pequeña maleta. Mientras me dirigía al auto, ella fue a recepción a liquidar su cuenta. Sus caderas se contoneaban deliciosamente, por eso me había fijado en ella la noche anterior, cuando llegó al billar con sus compañeros de trabajo, la vi caminar y me enloqueció. Frente al mostrador del hotel parecía más joven, con su cabello negro, ondulado, recogido y brillante. En el auto, rumbo al aeropuerto por la Paseo Triunfo de la República, el aire acondicionado ligeramente movía el cuello de su blusa.

¿Por qué te fijaste en mí?, me preguntó.

Tú fuiste la que se fijó en mí, aseveré.

Bueno, pero dime qué fue lo que te llamó la atención, a las mujeres nos gusta escuchar cuando nos halagan.

Hice una pausa. Rápidamente la barrí con la mirada, la carne de su trasero se presionaba contra el asiento.

Me agradó tu manera de caminar.

Eso pareció haber satisfecho su curiosidad. Tomamos la curva San Lorenzo y seguimos al sur. Mariana se distrajo con el paisaje amarillo y los viejos y humientos autobuses urbanos a un lado de nosotros.

A dos minutos de donde estábamos la torre de control era un gigante en un campo solitario.

Mariana hizo una mueca de tristeza.

Te voy a extrañar, me confirmó cuando nos apeamos del auto, luego fuimos a documentar su maleta.

Le prometí que le escribiría de inmediato. Me sentía abandonado. Una parte de mí era cercenada. Una sola noche, me había tomado una sola noche sentir este extrañamiento profundo.

Aun y cuando estaba afligido porque se iba, no deseaba mostrarme exageradamente derrotado. Sonreí y claramente vi un pañuelo blanco ondear en mi cabeza. La ciudad me daba la espalda y Mariana estaba por subirse al avión.

Nos dimos un extenso beso de despedida y nos separamos en las escaleras, conté los segundos que tomó llegar arriba y los breves pasos hasta que desapareció de mi vista.

El avión se perdió a la distancia. El cielo estaba limpio, pero se pondría turbio y café por la tarde y durante todo el día siguiente, según informaba la radio.

Mi nombre es Martín Rodríguez Miranda y estoy condenado. Yo mismo me lo busqué y sucedió cuando tenía nueve años de edad.

Fabio, uno de mis mejores amigos, hace años se hizo de una perra labradora. Se la regaló su mamá cuando cumplió veintitrés años, me gusta visitar su casa, ver a Iris dormir a los pies de mi amigo.

Fui un niño como todos. Hacía las tareas que mis padres me pedían sin problema alguno. «Ve y tráeme eso por favor»; «anda, limpia tu habitación»; «necesito que me ayudes con aquello…». «Sí», contestaba y lo hacía. Nunca renegué de ese tipo de actividades, no fui un niño modelo, no quisiera, por ningún motivo, que se entendiera así.

Cuando llegaba a la escuela, mis compañeros alegremente me esperaban fuera del salón. Los amigos de la cuadra iban a buscarme para salir a jugar al parque o al patio de alguno de ellos. La madre de Carlos, el niño de la casa de enseguida, nos ofrecía galletas y de vez en cuando me acariciaba las mejillas o me sacudía el cabello. Así la recuerdo, alta y delgada con una sonrisa amplia como actriz de comerciales ofreciendo refrigerios saludables y deliciosos a los niños que se acercaran. Aun y con todo eso, hay en mi cabeza espacios oscuros, ciertas lagunas sin fondo que cuando se es niño no se perciben en su totalidad, existen y ya. Por ejemplo, si te lavas los dientes es porque lo tienes que hacer, no hay más allá de cierto remilgo hacia tus papás y así te diriges al lavabo, llenas tu cepillo de pasta y te lavas; de arriba hacia abajo los dientes superiores y de abajo hacia arriba los inferiores. A la noche siguiente repites la acción y a la noche subsecuente igual, hasta que un día descubres por qué lo tienes que hacer.

En mi vida, y hasta antes de salirme de la casa de mis padres, convivieron en nuestra casa dos parejas de perros, sin contar los eventuales vagabundos o heridos que mi madre llevaba para conseguirles un hogar o para sanar; todos estos, indistintamente, se llamaron igual mientras vivieron bajo nuestro techo: Duke. Mi madre siempre ha pensado que los mejores nombres para mascota deben tener como ley no más de dos sílabas, por eso mis perros se llamaron Frida, Zeus, Argos y Luna, nombres sencillos y rápidos que irradian entendimiento y nobleza.

Al cumplir los cinco años, a Zeus, le detectaron cáncer en el hígado; fue muy tarde para cualquier tratamiento. Sus últimos días de vida y posteriores a su muerte me dolieron mucho. Yo tendría unos doce años y era terrible ver cómo a duras penas se podía levantar, siempre lloriqueando por un dolor que, sabíamos todos, lo estaba consumiendo. Un día mi padre, al ver que orinaba sangre, lo tomó con cuidado y lo llevó al veterinario; a pesar de su enfermedad, era un perro fuerte y se requirió el doble de la dosis normal para dormirlo. Así, la legendaria pareja doberman, la temida por los desconocidos y la querida por los que visitaban la casa, fue desbaratada. A los cuatro meses el mismo padecimiento se le detectó a Frida. Ella también hizo el viaje al veterinario. Hoy mismo, a más de veinte años de aquellos acontecimientos, los ojos se me llenan de lágrimas al recordar a mis mascotas; esa mañana de invierno en que amaneció nevado y los perros, aún cachorros, olisqueaban con detenimiento su primera nieve, avanzaban un poco y estudiaban lo blanco, se ha vuelto una evocación imborrable.

A la otra pareja, dos hermosos perros labradores, no les fue mejor. La hembra murió de una enfermedad desconocida. Un día, Luna se aferró a vivir al fondo de su casa de la que nadie la pudo hacer salir, el primer día, mi mamá, al ver que ya habían pasado muchas horas, trató de extraerla por la fuerza, pero al escuchar los gruñidos tan hoscos y secos desistió. Al amanecer le poníamos agua limpia que apenas si tocaba. El alimento ni siquiera lo olfateó. Al fondo de su guarida, sus ojos me contemplaban débilmente con un brillo que se iba extinguiendo, unas cuantas horas cerca del final, ya ni el rabo movía. Cada vez que la descubría observándome desde lo oscuro, algo me estrujaba por dentro. Para ese entonces ya tenía dieciocho años y me pensaba fuerte, pero el futuro de Luna me ponía muy mal. Fue inútil concebirme valiente, la tristeza era la misma que había sentido por mis primeras mascotas. Seis meses después, Argos siguió los mismos pasos de Luna, se refundió en su morada como si hubiera caído en un pozo. Los veterinarios no entendieron lo que sucedía y trataban de explicarnos sus acciones con hipótesis de trastornos sanguíneos o cánceres fulminantes. Apenas pude sostenerme. Me volví a deprimir.

Por eso estoy maldito. No puedo ver lo que considero dolor o maltrato hacia algún animal porque me lleno de una tristeza fulminante, la cual se transforma en rabia al sentir tal desconsuelo. Trataré de explicarme.

En el camino al trabajo observo entre la hierba rala y amarilla de los lotes baldíos a una perra con una de sus patas delanteras engarrotada lastimosamente y posiblemente rota; sin más remedio, cuando la veo hurgando comida, con el pelambre ralo y oscuro, los ojos se me llenan de lágrimas y me odio por no poder ayudarla y después por sentirme así.

Pero antes, cuando era niño, después de las galletas y la sacudida de cabello de mi vecina o de regreso a casa al finalizar la cena con uno de mis amigos, cada vez que veía a un animal callejero –debo confesar que nunca le hice daño a mis mascotas ni a los perros vagabundos que auspiciaba mi madre–, tan inocente como para dejarse acariciar por un niño vándalo como yo, algo en la cabeza se me quebraba, un ente me poseía y me controlaba oscureciendo mis ojos y encorvando mi cuerpo y pensamientos. Los perros callejeros sufrían algún tipo de maltrato, ¿qué cómo los maltrataba?, se pudieran preguntar, pero prefiero guardarlo aquí dentro de mí, sino, el peso de la culpa terminará por hundirme. Lo que agrego, con mucha vergüenza, es que el fuego y la sangre aparecieron en distintas ocasiones.

Fue poco el tiempo que duró aquello. De eso pueden estar seguros. Pero no recuerdo cómo me detuve. No recuerdo algo que me dijera que estaba mal, algo como «ya no lo voy a hacer porque es incorrecto». Simplemente crecí y mi vergüenza bastó para esconderme y no hacerlo más. Aquí está la raíz de mi maldición.

Ahora pienso en la perra del boulevard. En este momento que escribo, ha de estar durmiendo hecha un ovillo en algún refugio de arena y piedra. Pienso en Luna, en cómo su respiración me sorprendía, Cómo admiraba su pelo café, los pequeños espasmos que le causaban sus sueños y que nadie sabrá qué imágenes los provocaban. Aun así, lo que me invade es una tristeza amarga e incómoda, sobre todo la muerte escondida en los corredores del cuerpo.

Es como si tras las palabras nos refugiáramos sin poder adivinar la avanzada del contrario, hacia qué lado nos moveremos, qué tan alto saltaremos por encima del otro si fuera necesario.

Martín, ¿tienes novia?, ella quiere saber y la respuesta no importa, ni el aire frío revuelto con tierra y agua empañando los vidrios y las palmeras frente al bar.

Oye, Viviana, ¿cuándo naciste?, le respondo con una pregunta. Somos un par de detectives investigando nuestras vidas.

En el 87, dice, esperando el otro interrogante, mostrando con cuidado sus cartas, tratando de no revelar demasiado.

En ese año yo estaba en la secundaria. Caminaba dos kilómetros diarios hasta la escuela. Todas las mañanas salía a las siete, veinte minutos más tarde llegaba al salón.

Cuando saliste de la secundaria yo tenía dos años, escucho a la muchacha, su voz apenas sobresale de la música que llena el lugar.

Dos años, repito para mí, observando el vaho adherido a mi cerveza. Un sudor escurriéndose a la servilleta que hace de porta vasos.

El rostro de Viviana se mantiene fijo, limpio, blanco y afilado, mirándome, como si estuviera frente a una pecera.

¿En qué piensas?, me pregunta. Estudia mi cara y hombros.

En el año 1987, le digo tratando de no sonar tan parco.

Fabio platica con su pareja. Por la música tan alta no puedo ni adivinar de lo que están hablando. Dice algo y la muchacha que lo acompaña se ríe y asiente.

Te hará bien un trago, me dijo mi amigo apenas unas horas atrás y por eso estamos aquí, bebiendo botella tras botella, investigando y siendo investigados. Pero la cerveza no incluía mujeres, al menos eso era lo que me imaginaba. Habíamos llegado al Murphi's cuando el bar estaba solo y ya para las diez de la noche el antro estaba a reventar y un par de chicas, amigas de Fabio, nos acompañaban. La noche era joven y nadie me esperaba en casa.

¿Qué tiene de especial ese año?, Viviana me trae de regreso.

Y, en realidad, ¿qué tenía de especial ese año? Mientras trataba de convencer a mis padres que me dejaran ir a alguna tardeada o fiesta, mi atractiva acompañante succionaba el pecho de su madre; eran los años del famoso «Rock en tu idioma». El rock en español de los sudamericanos nos inundaba y los mexicanos hacíamos lo posible por tener bandas dignas y, junto con un vecino, pedía un aventón al gimnasio universitario a ver los conciertos cada vez que anunciaban su llegada. Le solicitaba a mi mamá que me comprara los discos de los grupos que se escuchaban en la radio. A Viviana la sentía tan joven. Eso era lo que tenía de especial 1987, esta chica canta las mismas canciones que yo, pero yo estuve ahí desde el principio, cuando los grupos del DF tocaban en Juárez gratis, promocionando su música y me desvivía persuadiendo a mis padres para que me dejaran ir.

Alguien abre la puerta y el aire frío y arcilloso se cuela en el bar, afuera el viento ensucia los autos, los marca, puntea los vidrios de las casas. Pienso en la arena que se mete por debajo de la puerta de mi apartamento y me llena de flojera el hecho de pensar en un trapeador a tales horas de la noche. Recuerdo mi supuesto viaje onírico y repetitivo de días atrás. «Quizá deba irme a Xalapa», pienso. Allá no hace polvo. En invierno baja la neblina y cubre las calles. El diciembre anterior había estado en Veracruz, conocía el puerto y su capital nebulosa de calles pedregosas y angostas. Decido que sería bueno hacer un nuevo viaje de reconocimiento a Xalapa.

Si tuviera que salir de la ciudad en julio, ¿irías conmigo? Esa es mi carta más fuerte, y creo que la he mostrado anticipadamente. Una acción mal calculada.

No puedo, mis padres no me dejarán. La muchacha ni siquiera lo piensa antes de contestar, el cabello largo y lacio oculta la mitad de su bello rostro. Un rostro con la boca roja que nada más una mujer de veintidós años puede tener. Me caes bien, al fin me dice al oído, háblame cuando quieras, pero entre semana hago tarea, así que sólo salgo los viernes y los sábados.

Miro los hombros de Viviana. «Tarea.» ¿Desde cuándo no escuchaba eso? La chica en verdad es hermosa. Le da cierto parecido a Eme, eso me hace creer la cerveza, sobre todo la forma de la cadera y la caída de los hombros. «Así debió de ser Eme a los veintidós », deduzco.

La gente pasa detrás de mí y brazos desconocidos de pronto me rozan. Fabio sigue platicándole a su pareja –no recuerdo el nombre de la muchacha– algo que parece ser interesante y gracioso.

Tengo un hermano que es muy celoso, se llama Francisco, me dice Viviana.

Yo tuve una novia con la que viví tres años, también era muy celosa. Eme no lo era, pero tengo que agregar algo a la nimia conversación.

Ella, de improviso se levanta y me toma de la mano, me lleva a través de la gente hasta el exterior del bar y hace lo posible por ocultarnos entre las sombras del estacionamiento. Me encara. El aire aúlla.

Te conozco desde hace mucho. Éramos vecinos, me revela repentinamente. Por años, desde la ventana de mi cuarto, te vi pasar cuando ibas a la escuela o cuando salías en bicicleta con tus amigos, después compraste el auto amarillo y luego lo cambiaste por el que traes, creo que es uno rojo. Hace tres años te mudaste. Mi mamá es amiga de tu mamá y entre café y café le platica de ti y tus aventuras amorosas y de cómo conociste a la chava con la que vivías. Hace una pausa y, mirando al suelo, como si extrajera fuerzas, continúa, tu amigo dice que eres muy especial, pero en este mundo nadie lo es. Se me acerca un poco más y percibo su aliento. A los once años te caíste de la bicicleta, me dice, del accidente te quedó esa cicatriz en el codo. Cuando tenías siete, te descalabraste con una ventana y te quedó esa marca en la frente. Y así, la chica señalando mi codo y mi frente, me besa, pega su cuerpo al mío lo más que puede. Me está desarmando y yo no puedo hacer nada más que aceptarlo. Me besa largamente hasta que pierdo la noción del tiempo.

Busco en mis archivos mentales; en mi vida la había visto, no tenía ni idea cuál podía ser su casa. La calle donde vivía mi madre y donde pasé mi infancia y mi juventud era larga e inclinada, en un extremo había un parque donde los niños de la cuadra jugábamos beisbol. Después construyeron una secundaria y el parque se redujo a casi un tercio del tamaño original, pero eso no nos importó, los niños seguimos juntándonos ahí. Al otro extremo de la calle se encontraba la tienda donde comprábamos los dulces. ¿Hacia qué lado estaba la casa de Viviana? «Creo que eso no tiene importancia en estos momentos», pienso. Es bueno tener ese cuerpo delgado y tierno junto a mí. Su beso está lleno de energía, su cuello es delgado y largo y al mismo tiempo pequeño y frágil. Viviana huele distinto a Eme.

Salimos de ahí a las dos de la mañana. No hubo más. Las muchachas se despidieron. Si no, mi papá se enoja, me susurró Viviana. Fabio y yo nos fuimos a nuestras respectivas casas.

Al finalizar la semana le hablaré a la muchacha. Secamente contestará a mi saludo y se negará a salir de nuevo conmigo. No te preocupes, me dirá Fabio, ya te hablará; pero no será así. Los besos tan apasionados y joviales de la chica habían sido la herramienta perfecta para exorcizarse de mí por completo. Era una niña cuando se enamoró y yo ni siquiera sabía quién era.

Son las ocho de la noche. El mesero acaba de depositar dos tarros de cerveza de barril frente a nosotros. A Fabio le gusta la cerveza oscura; yo prefiero la clara. La gente esparcida por el restaurante murmura y las voces hechas un fárrago de sonidos se expanden por todo el lugar. Tapizando una de las paredes, un sin fin de botellas de tequila parecen hacer guardia o esperar ser llamadas como geishas para alegrar a los comensales. El lugar aún no está lleno pero en cualquier momento quedará hasta reventar, no cabrán más cuerpos ni voces. La puerta principal cada vez que se abre revela a la tarde que ya desfallece tras los cerros.

¿Qué me cuentas?, me pregunta. Cuando decidí llamarle para platicar sobre mis sueños extraños, mi amigo se mostró muy interesado. Me dijo que sí, que cómo no, que de paso nos tomábamos unas y a ver qué ligábamos por ahí. Pero eso lo había agregado porque sí, porque se escuchaba un poco ansioso, como si él también tuviera que contarme algo.

Nada..., le respondo, pero de inmediato me corrijo quiero terminar con esto de inmediato, bueno, si hay algo... unos sueños que me han descontrolado desde hace unas semanas, le trato de explicar. Mi mano derecha sujeta con fuerza el asa del tarro. Se siente agradablemente fresco. No hay nada extraño ni malo en ellos, le digo, sólo son recurrentes y no les encuentro rumbo.

Oquey, me dice Fabio; había tomado un aire como de escucha profesional, como si un sicólogo me estuviera analizando, con la espalda despegada del respaldo de la silla.

En uno, sueño que salgo de la casa de mi infancia y justo cuando abro la puerta, una potente luz me ciega. En el otro, un hombre de barba canosa escribe en una computadora y cuando siente mi presencia deja de hacerlo, voltea y, mirándome fijamente a los ojos, me dice: «Te tienes que marchar», entonces despierto. Su voz no me parece exaltada, no parece que me esté advirtiendo de algo malo, es como si me diera un consejo. No sé si se refiere a algún sitio en específico de donde me tengo que marchar. Pienso «me tengo que ir», pero, ¿de dónde? ¿De Juárez?, ¿de mi trabajo?, tú, ¿qué crees que signifiquen?

Se vuelve a recargar su cuerpo en el respaldo, es chistoso cómo se ve consternado por lo que le comento. Hace una pausa larga. Toma su tarro de cerveza y da un gran trago, así lo hace siempre que tiene algo importante que decir. Bebe, mira a un lado y habla.

A mí me han acontecido cosas extrañas toda mi vida. Y todos esos actos han sido por mi propia manera de reaccionar, me explica. Tus sueños son la señal de lo que quieres hacer, y lo que yo veo es que te escondes de tus propios actos. Los sueños significan una de dos cosas: o estás cansado de tu vida, de algo en específico y repetitivo, digamos tu casa, la relación con tus padres o yo qué sé, o puede significar que viste alguna película o leíste un libro donde el personaje principal huye o algún amigo te contó que se iba de la ciudad. ¿Te quieres ir de Juárez?

Al menos no conscientemente.

¿Te quieres cambiar de casa?

Mi apartamento me gusta…

Si no has sopesado la posibilidad de moverte, me ataja entrecerrando los ojos como si con eso pudiera ver lo que oculto, debemos enfocarnos en algún amigo que te haya dicho que se va de la ciudad y te está afectando su decisión. Actúa como si él fuera un detective privado y yo un posible cliente.

Le voy a contar lo de Perla y San Antonio, pero no es el momento, aparte, la noticia de que Perla se marchaba la recibí después de tener los sueños, así que prefiero callarme esa parte.

¿Alguna vez has ido con una adivina, te han leído las cartas?, ¿Nunca has hecho cita con un sicólogo?, como siento que las preguntas son formuladas con seriedad, domino la risa.

No creo que sea necesario, le digo, pero es una buena solución, no que todos los días sueñe con lo mismo y que me desvele cada vez que sucede, pero me cansan, me abotagan.

No tengo más qué decirle, ahora sí el bar se está llenando, las mesas a nuestro alrededor han sido ocupadas. Las voces se vuelven un amasijo de conversaciones en presente y pasado.

Te voy a contar lo que me pasó hace unos días, baja la voz para que nadie escuche.

Hace cuatro días mi madre me pidió que la acompañara a visitar a unos parientes. Usualmente mi hermano es quien se encarga de eso, porque a mí, para serte sincero, no me gusta; la cita se alargó, así que regresé a mi departamento como a las once de la noche. Acababa de llover y la ciudad estaba vacía. Como siempre, iba manejando a una velocidad moderada. Sobre la Ejército Nacional, yendo al puente Zaragoza, exactamente a la altura donde comienza el despoblado, veo a una mujer haciéndome señas, tomo el carril derecho y disminuyo la velocidad. Cuando me detengo, la muchacha de cabello oscuro y revuelto me dice «me tiene que ayudar», su rostro se ve sucio y sus ojos transmiten desesperación, están desorbitados. «Por favor, ayúdeme», me suplica y voltea hacia los campos oscuros detrás de ella. También yo lo hago pero no veo nada. Las nubes espesas cubren el cielo oscureciendo aún más el horizonte. Más allá resplandecen las luces del nuevo centro comercial. Sin pensarlo, estoy decidido a abrirle a la chica delgada y disminuida por la supuesta angustia que mana de sus gestos. Miro de nuevo los campos húmedos, estudio el rostro de la mujer y algo no me parece correcto, es tan sólo una corazonada, pero para mí es suficiente; vuelvo a colocar la palanca de cambios en marcha y acelero sin decir nada. Oigo cómo me grita: «¡Regrese!», miro por el retrovisor y la distingo haciéndome señas, aspavientos por encima de su cabeza hasta que la noche y la velocidad la desvanecen de mi vista.

Fabio se detiene, vuelve a dar un trago largo a su cerveza y busca al mesero. ¿Otra?, me pregunta antes de lograr atraer la atención del joven que nos atiende. Yo asiento con la cabeza.

¿Qué crees que pasó con la mujer?, le pregunto en automático.

No tengo idea, acaricia su tarro casi vacío como si fuera una bola de cristal que le fuera a revelar una respuesta. Los siguientes días leí el periódico esperando algo terrible sobre la muchacha en aquellos campos, pero no descubrí nada. Los revisé por dos semanas y no encontré ni pizca, ni siquiera una notita, algo que me hablara de una mujer maltratada o asesinada. Eso no significa que no ha sucedido o, quizá, alguien, al fin se compadeció de ella y la ayudó antes del siniestro.

La historia me encrudeció y no sabía qué tenía que ver con mis sueños. Siguió hablando.

Hay veces que imagino a la muchacha con la ropa desgarrada y un poco de sangre en el costado. Claramente la veo porque estoy seguro de que sangraba, Fabio levanta la mano como si la imagen fuera un holograma y él pudiera señalar exactamente en qué área tenía la sangre la desconocida; cuando imagino eso, me angustia no haberla ayudado. También hay ocasiones en que tengo la certeza de que la chica no tenía la ropa desgarrada, ni la cara sucia o con sangre. Pienso que en ese campo oscuro más que sus perseguidores, se encontraban asechando sus cómplices, esperando a un conductor afable e ingenuo como yo para asaltarlo. Se encoge de hombros. Nunca estaré seguro de quién era o qué pretendía. Es algo que me ha perseguido. La noche del incidente soñé que necesitaba ayuda y, por mi desconfianza, la abandonaba a su suerte; al día siguiente, en el mismo sueño, un encabezado parece culparme: «Muere mujer asesinada ante los ojos de indiferente conductor». Un día después soñé que me detenía, que ésa era una oportunidad para redimirme, le pido que por favor suba, pero esa también es una mala decisión, porque resulta que entre las penumbras de los campos por donde corren caballos y liebres, se esconden sus secuaces. Así que ni dormido hay buenas resoluciones: o ella muere horriblemente o yo muero en sus manos. Nadie gana. No ha sido la única vez que paso por esos terrenos a altas horas de la noche. Ayer encendí las intermitentes y detuve el auto, me apeé, percibí el silencio que manaba, cómo la oscuridad era más espesa en el espacio baldío. Ahí, a pesar de las temperaturas altas, a pesar de que no ha llovido desde entonces, el ambiente es fresco, se pudiera decir que hasta hace frío, sobre todo, huele a pasto mojado, a una lluvia que se mantiene atrapada entre las raíces de lo que huele a verde. Lancé piedras lo más lejos que pude. Nada se movió. Los grillos siguieron cantando, las yerbas susurraban algo.

Me platica la historia como si fuera un cuento suyo. Volteo a ver el pequeño escenario a un lado de nosotros. Algunos jóvenes conectan instrumentos y ensamblan una batería. La noche promete ser ruidosa.

Pero ¿sabes qué es lo más extraño de todo eso?, me pregunta apoyando uno de sus codos sobre la mesa y apuntándome con su dedo índice, cuando sueño que la ropa de la muchacha no está rasgada, el día será un mal día para mí. Si la ropa aparece rota, será bueno.

Es un tipo de predisposición, le digo tratando de quitarle lo misterioso a la historia.

Exactamente, me contesta y truena los dedos. Eso es, es la predisposición y eso mismo sucede con tus sueños.

Me quedo cayado, mordiéndome el labio. Esa es la respuesta y tiene razón. Mi amigo, el escritor, de nueva cuenta me saca de un bache.

La banda está lista para tocar. La pared repleta de botellas de tequila refleja las luces. Mi cerveza está calentándose. Te invito la del camino, le digo y acepta. Me siento relajado.

¿Y cómo estás ahora?

Muy bien, me responde, en la universidad todo va de maravilla…, y se queda en silencio, como si quisiera decirme algo más.

En serio, platícame, le insisto riéndome.

Fabio no se escucha ansioso, al contrario, se ve animado pero no eufórico, mira a las muchachas del bar encontrándolas hermosas. Es como si hubiera estado recluido en un lugar distante y ahora descubriera los cuerpos femeninos con gran asombro, me reitera que todo sigue bien y vacía su tarro.

Le quiero platicar de Perla, pero ya la guitarra eléctrica suena. Es una buena noche, no cabe duda.

Quizá sea mejor vivir en California.

Recuerdo que cuando era niño, mi madre me llevaba a tomar clases de béisbol. La primera vez me dejó a las nueve de la mañana y me recogió tres horas más tarde. Era el inicio del verano y yo, desde siempre, he odiado el calor; aún así sucumbí a las peticiones de mis padres a que me divirtiera con otros niños. En esa época me la pasaba frente a la televisión, tenía memorizado mi itinerario de programas. En las mañanas veía *Plaza Sésamo* y cuando regresaba de la escuela, me entretenía con las caricaturas de los *Amos del universo* y el *Hombre Araña*, entre otras. En la tarde disfrutaba de los programas cómicos hasta que llegaban las noticias. «Tienes que hacer ejercicio», me dijo mi madre, «tienes que convivir más», me dijo mi padre, y por tal motivo terminé en el equipo de béisbol de la colonia.

Las primeras semanas de entrenamiento fueron tranquilas y divertidas, hasta que llegó un niño nuevo. Hugo era mucho más rápido y fuerte que todos. Me imagino que antes ya habían jugado con él en otro parque o tomaban clases en la misma escuela porque parecía ser amigo de varios de los que asistían. A mí me ignoraba y supuse que eso estaba bien siempre y cuando no se metiera conmigo. Un día, listo para batear, él se colocó de lanzador. Tomé el bate y el casco y me dirigí a la base como tantas veces lo había hecho. Era una mañana caliente, iban a dar las once. Alcé el bate y doblé un poco las piernas, tal y como me habían enseñado.

La primera pelota salió de su mano tan fuerte que fue un claro strike, apenas si tuve tiempo de reaccionar. No le di importancia, «dos más y alguien tomará mi lugar», dije; volví a esperar la pelota; el entrenador me motivaba, me decía que no perdiera de vista el movimiento del brazo de Hugo. El lanzador volvió a disparar y sucedió un nuevo strike, lo que yo suponía; sólo faltaba uno más, lanzaría el bate a un lado y me iría a la sombra a aguardar mi siguiente turno. Hugo comenzó a reírse pero no fue una risa agradable de camaradería, fue una risa burlona que se prolongó contagiando a algunos de los niños. El entrenador, quien aparentemente no se daba cuenta, me siguió apoyando. «Sube un poco más el bate –me decía–, intuye el lanzamiento.» Al salir la pelota la golpeé con toda mis fuerzas, sentí un dolor intenso en las palmas. El niño lanzaba fuerte y mi reacción inmediata fue correr, pero me contuve por el ardor que sentía en las manos. Había ocasionado un foul. Hugo ya no se reía, dio por hecho que yo sabía lo que estaba sucediendo, miré sus ojos: como alcancé a tocar la pelota, se sintió humillado y meneó la cabeza, «no debiste haberla tocado», dijo su rostro.

Las cosas en ese momento cambiaron, el siguiente tiro iba a ser aún más preciso. Hugo se concentró, subió las manos al pecho, entrecerró los ojos y lanzó la pelota por tercera ocasión. Adiviné su jugada y di un paso hacia atrás justo cuando la pelota iba a pegarme, las manos me temblaron. El instructor, adivinando las intenciones de Hugo, con una mano le hizo señas de que se calmara, de que todo era un juego; pero sabíamos lo contrario. Gotas de sudor bajaban por la nuca, las sentía rodar y hacerme cosquillas.

El juego lo suspendió todo, parecía como si los pájaros hubieran desaparecido de los árboles, las chicharras dejaron de sonar, el aire se detuvo por completo. Mi participación se había alargado y los demás veían con atención el pequeño duelo. Me volví a acomodar a un lado de la base lleno de sentimientos encontrados. No deseaba estar ahí y sin embargo sabía que era necesario. Miré las huellas de mis zapatos en la tierra suelta. Aprecié la distancia que existía entre Hugo y yo y entre los niños jardineros al fondo. Más allá, la estructura gris de lo que sería un supermercado sobresalía. El tramo era enorme. De nuevo el entrenador me dio ánimos, y, así, vi la pelota ser disparada por cuarta vez. El golpe fue tremendo, solté el bate más por el impacto que por el sentido del juego y corrí. Era la velocidad de mis pies contra la velocidad del vuelo de la pelota. Toqué la primera base, luego avancé a la segunda con grandes zancadas hasta que algo me detuvo a medio camino: al centro del diamante, Hugo estaba arrodillado en el montículo; la pelota le había golpeado el estómago con tal fuerza que terminó desplomándose. No supe qué hacer, el niño lloraba y tosía en los brazos del entrenador; me dio miedo pensar en lo que pasaría cuando se recuperara; pero al mismo tiempo entendí que su fuerza había disminuido, a mí ya no me intimidaría.

A la semana siguiente, Hugo me empujó por la espalda, de inmediato los demás nos rodearon; al encararlo busqué con rapidez en sus ojos a ese niño de sollozos interminables. Él adivinó que no iba a poder hacerme nada, le sonreí ligeramente, tan sólo fue una pequeña mueca. Agachó la mirada y pasó a un lado mío sin siquiera rozarme.

Hugo no regresó a los entrenamientos y al poco tiempo yo también los dejé. Tras dos años, el parque de béisbol o, más bien, el campo desértico que utilizábamos como jardín, fue sustituido por una escuela secundaria. De los niños que jugaron conmigo no sé nada, salvo de Hugo, que se mudó a Los Ángeles.

Si yo pudiera, viviría en California. Viviría en Santa Mónica. «Las calles de Santa Mónica me saludan», diría como alguna vez Janis Joplin sentenció antes de cantar «Cry Baby» y «Red House» en el bar Whisky, rascándose la cabeza, gritando hasta reventar, con su nariz picuda y sus labios delgados, hablándole al público y pataleando, tan fea como podía ser la mejor cantante de blues.

Janis no sabía que en unos meses la encontrarían muerta en su camerino; tampoco su gente se imaginó que esa sería la última vez que hacían fila y tomaban sus lugares para escucharla. Gente que me diría: «Yo estuve ahí, yo estuve en el Whisky cuando se presentaron Morrison, Joplin y Hendrix», «Yo estuve ahí cuando a Morrison lo golpeó la Joplin porque la quería besar, mientras Hendrix se drogaba en una de las esquinas del camerino sin hacer nada». Minutos antes la nariz de Janis se antepuso a los ebrios ojos de Morrison y la guitarra tan viva y ronca los unía.

Santa Mónica, esa playa donde el clima es perfecto, se levantará majestuosa para darme la bienvenida como lo hizo con ella. Me han contado que hay pequeños mercados al aire libre donde venden únicamente productos orgánicos. Calabazas, papas, ejotes, sandías, quesos y otros lácteos libres de hormonas, lo que sea que eso signifique. Desde la playa, a unos kilómetros del Whisky, se aprecia el final de la bahía que da forma a la ciudad. En primavera la neblina es una difusa capa que le otorga a mayo su particular nombre: el mayo gris, *May Gray*. En junio la neblina baja y cubre las mañanas y los lugareños le llaman la penumbra de junio, *June Gloom*.

Quizá, si yo viviera ahí, me toparía con Hugo. Seríamos amigos, tomaríamos algunas cervezas en el muelle donde los pequeños bares y restaurantes nunca cierran.

Me dicen mis amigos que el aire de Santa Mónica está cargado de tranquilidad. Pero, si lo pienso con detenimiento, dudo que me fuera a topar a Hugo, dudo que por cualquier circunstancia, si nos viéramos, nos hiciéramos amigos, dudo que nos citáramos en algún bar del Sunset Strip; que Santa Mónica, aunque lo deseara, fuera mi ciudad para habitar. ¿De qué viviría? ¿De lavaplatos?, ¿de jardinero?

Hendrix fallece en septiembre del setenta. En octubre, Joplin muere de una sobredosis, jurando que escuchaba, entre otros, al guitarrista murmurar su nombre al oído. En 1971 Jim Morrison, el rey de todos los lagartos, recordando la muerte de sus dos amigos, se encierra en el baño de su apartamento en París y, decidido, los sigue.

Doy vuelta en la calle de mi casa. Siempre he pensado que la luz del sol pega distinto aquí y hasta ahora entiendo por qué. Los moros en las banquetas de uno y otro lado son tan grandes que sus ramas casi se juntan al centro creando una especie de túnel verde y vivo.

Ahí está el parque donde jugué béisbol hace muchos años. Cuando era niño el parque me parecía gigantesco. Miro los colores pálidos de las casas. Unas tienen pintas ininteligibles. Me pregunto si en alguna de éstas vivirá Viviana o será al otro extremo, allá donde queda la tienda del barrio. Recorro a vuelta de rueda la calle. Afuera un hombre gordo y sin camiseta lava su auto acompañado de la música de Led Zeppellin. Más adelante un perro blanco duerme profundamente en un jardín. Un grupo de niños pasa muy cerca y él ni siquiera se molesta en abrir los ojos. Este barrio se caracteriza por ser tranquilo. Huele a carne asada. Disfruto los fines de semana poblados de asadores encendidos y cervezas frías.

Mis padres no están, por fortuna siempre cargo las llaves de la casa. En los últimos sueños he salido tantas veces de aquí y ahora entro. El vecino de enfrente me saluda. Me hace señas y yo le regreso el gesto sonriendo, pero sin pronunciar palabra. Quizá mis papás estén comiendo con mi tía o de compras. Meto la llave a la cerradura y después de pensarlo un momento la saco y guardo el llavero. Por alguna razón no quiero estar solo ahí adentro.

Mi familia siempre ha tenido dos autos. Uno pequeño y otro grande, uno para uso diario y otro para cargar cosas pesadas y remolcar en caso de que se necesite. Ahora está la camioneta. Los autos que han desfilado por mi familia siempre han sido guindas o amarillos. El color del que uso en estos momentos es de un rojo vino. Me acerco y me asomo al interior de la troca. Hay un disco de Javier Solís sobre el asiento.

En 1982 mi padre compró su primer auto nuevo. Era un pequeño Nissan amarillo, antes manejaba una vagoneta azul. Hay fotografías en blanco y negro donde yo, de apenas dos años de edad, de pie sobre el asiento del conductor, juego con el volante. Hay una a colores donde mi madre, recargada en el cofre de la camioneta, se aparta el cabello del rostro. Es una fotografía lograda.

Pasaron tres años.

Mi padre vendió el Nissan amarillo en 1985. Uno de mis tíos, el hermano menor, lo convenció. Es un buen momento para hacerlo, le dijo, y mi papá, siempre tan reservado y cuidando sus comentarios, después de pensarlo unos minutos, asintió con la cabeza. El dinero que obtendría serviría para concluir la construcción de una nueva recámara. Fue tan fácil deshacerse de él. No hubo remordimientos, tan sólo mi padre pasó su mano sobre el cofre y lo dejó ir. Mi mamá apoyó la decisión. Esa fue la primera vez que supe lo fácil que era desprenderse de algo. A los pocos días, el auto ya no estaba en la cochera. Sucedió tan repentinamente que pronto me olvidé de él. En un momento está ahí afuera, en otro se ha ido.

Un año después, en un viaje de verano a San Luis Potosí, acompañando a mi primo a la tienda de la esquina, el destello del sol en el parabrisas de un auto me llamó la atención. Avancé y en seco me detuve.

El pequeño auto amarillo que había sido de mi padre, apenas a la vuelta de la esquina de la casa de mis familiares; había recorrido más de dos mil kilómetros para descubrir el paradero del antiguo auto familiar. La sensación que me provocó el verlo estacionado tan cerca de la casa era extraña. Para confirmar lo que veía, le pregunté a mi primo por el coche. «Por supuesto –me contestó con naturalidad–, mi papá lo trajo de Juárez hace un año. Nosotros lo utilizamos unos meses y al final don Rodolfo lo compró.»

Me acerqué. Ahí estaba el asiento trasero donde muchas veces jugué, el lugar que mi madre había ocupado al lado de mi padre, cuando íbamos al súper, cuando salíamos al parque y juntos preparaban carne asada, cuando visitábamos a mis tíos o me llevaban al cine. Recordé el olor del auto nuevo cuando llegó por primera vez a la casa, el plástico recién expuesto al aire, el sol y el frío; la pintura brillante y la tela recién desempacada. Tuve la urgencia de abrir la puerta y entrar por última vez, pasar mis pies por la alfombra parda, sentir las costuras de los asientos, encender el radio. Me retiré un poco. Ese auto ya no era mío. En aquel momento noté las diferencias que había. Faltaba la puertita que ocultaba el tapón de la gasolina. Había una melladura en la parte inferior izquierda. Volví a asomarme al interior, el cenicero estaba sucio. Ni mi padre ni mi mamá fumaban. La tela estaba tajada. Alguien lo había rayado a todo lo largo de la carrocería. De alguna manera el auto se había encogido. Si aún fuera de nosotros, estaría como nuevo, le comenté muy convencido a mi primo.

No recuerdo haber conocido a don Rodolfo. Esas vacaciones, cada vez que podía, me cercioraba de que el auto estuviera estacionado en el mismo lugar, pensando que quizá ya ni servía, que tal vez se había descompuesto de una buena vez y pronto sería chatarra. Pero no fue así. Un día antes de regresar de aquel viaje, alcancé a ver, apenas por el rabillo del ojo, el auto avanzar y desaparecer al otro extremo de la calle. No pude ver quién lo conducía. Dos años después, en otro de esos viajes familiares que pronto cesarían, el auto seguía en su espacio habitual, pero mostraba más deterioro. Debajo, había una gran mancha de aceite. Lentamente se desangraba. La misma sensación de extrañeza que había sentido con anterioridad me invadió y, hasta ahora, viendo la camioneta amarilla de mi padre lo entiendo. Lo que percibía dentro de mí, era una sensación de futilidad. Cuántas historias habían envuelto esa pintura escarapelada, cuánto humo de cigarro habían encerrado sus vidrios. Esa fue la última vez que me acerqué al auto. Siempre sentí que me lo habían robado. De alguna manera pensaba que yo hubiera podido cuidar mejor de aquella máquina. Ignoraba por cuántas cosas el coche había pasado desde que salió de Juárez y eso me llenaba de cierta envidia.

Por lo visto mis padres se van a tardar más de lo que imagino. Las ventanas del segundo piso son los ojos tristes de un viejo muy cansado. Esta casa tiene ya veinticinco años, mi padre la diseñó, la idea original la tomó de la casa de uno de sus amigos, pero como mi padre no sabe nada de arquitectura, excepto por la fachada, que es preciosa, es un hogar muy austero, se puede decir que por dentro es una caja de zapatos dividida.

Fuimos casi de los primeros en vivir en la cuadra. Mis padres les dieron la bienvenida a los vecinos de enfrente que nunca tuvieron hijos. Mi mamá es amiga de casi todas las vecinas, excepto por dos o tres que desde el principio sus caracteres no congeniaron. Vuelvo a pensar en Viviana, me acerco al barandal y espero que algún auto pase con ella en el interior, pero no sucede. Y si sucediera, no sé qué ganaría. En otra ocasión, si es que me acuerdo, le preguntaré a mi mamá si conoce a alguien con ese nombre.

Mi padre, antes de terminar viviendo aquí en Juárez, a mediados de los setenta, pasó una temporada de indocumentado en Chicago, Illinois. Trabajaba de mecánico en una fundidora de acero arreglando las máquinas herramienta. Si un engrane o cualquier otra pieza se le rompía a la maquinaria, él lo construía de nuevo. Era una especie de artista; pulía las piezas hasta que su rostro se reflejaba en las superficies de los metales. Aparte de aceitar los mecanismos y cambiar los refrigerantes cada vez que llegaba el periodo del mantenimiento preventivo ejercía como un tipo de supervisor medio turno del vespertino. Vivía en un austero cuartucho de pensión a las afueras de Chicago. Era un edificio viejo de veinte pisos que, cuando soplaban los ventarrones, uno podía terminar mareado por el movimiento oscilatorio.

Todas las mañanas tenía que caminar cinco kilómetros para llegar a la primera parada de autobuses. Hacía más de cuarenta minutos para llegar a la planta y casi lo doble para regresar a la pensión. Todo marchaba bien y ya se había acostumbrado al ajetreo diario. Subir a los camiones, procurar no hablar español aunque otros lo hicieran, llegar a un pequeño súper que le quedaba de paso a su apartamento y, por supuesto, ahorrar.

Al pasar un año en esa empresa, un compañero sufrió un accidente terrible que le costó el ojo izquierdo. Al ver la ridícula indemnización que recibió el accidentado, mi padre pensó que no valía la pena todo el trabajo para ganar lo que ganaba, tantos sacrificios y calores y fríos para que al final saliera mal parado.

Su regreso a México tenía tres posibilidades: cruzar por Matamoros, Ciudad Juárez o Tijuana, cuando estaba decidido a marcharse a California y ahí conseguir otro trabajo o de plano regresar a su tierra, uno de sus hermanos le aconsejó que llegara a El Paso, Texas, donde podía pasar unos días con él. «Te tomas unas vacaciones y luego decides lo que vas a hacer», le dijo, y mi padre accedió. Ya en El Paso, decidió concluir sus estudios profesionales y al percatarse de que eran más baratos en el lado mexicano, consiguió una vivienda y un trabajo; fue ahí donde conoció a su esposa.

Mi madre vivió por un tiempo entre Mexicali y Tijuana, hasta que una tía le comentó que las maquiladoras eran el trabajo del futuro y que conseguir un buen puesto era mucho más fácil en Juárez. Así que decidió hacer sus maletas y venirse a vivir para acá.

De alguna u otra manera mis padres se hubieran conocido. Si no hubiera sido en Juárez, lo habrían hecho en Tijuana.

Justo cuando él piensa irse a vivir a California, mi madre trabajaba en un hospital en el área de limpieza en aquella ciudad. Cuando mi madre viajó a Juárez, mi padre llevaba viviendo aquí un par de semanas. Tardarían un mes en conocerse y poco menos de un año en casarse.

LOS QUE SE VAN

Nadie la vio entrar. La mujer de pantalón entallado vestía una blusa delgada que permitía, con muy poca dificultad, ver el rosa oscuro de sus pezones. Uno tenía que mirar con detenimiento y en cuanto los ojos se acostumbraban a las sombras y las texturas, aparecían como si fuera truco. Se había sentado a unos cuantos bancos de mí. La muchacha salió del bar después de beberse un solo tequila. Ni siquiera lo pensé.

Imaginé su ropa interior impregnada de toda ella. Imaginé mis manos jugando con el color rosa de sus areolas. Erguidos pezones. Uvas finas. La muchacha iba a tres metros de distancia, ¿me había visto?

Príapo, me dije encontrando la palabra precisa, palabra cazada de lo más profundo. Pensé en Mariana y su ausencia, en su mano delgada jugando con mi príapo hacia arriba, hacia abajo. Disminuí la velocidad, miré al suelo evaluando la situación. Ella, Mariana, en mi posición haría lo mismo, me convencí y mis pasos fueron más firmes y veloces. ¿Señorita, «le gustaría sujetar mi pértiga?», pensaba decirle, lo había hecho antes y había funcionado. Esta mujer se contoneaba, sus nalgas firmes y apretadas dejaban ver el rastro de sus calzones. ¿Quisiera jugar con mi columna?, ¿quisiera que la partiera en dos?, ¿quisiera ser medida con esta vara? Ella al fin notó mis avances y, como si me hubiera escuchado, su andar fue disminuyendo. La muchacha me miró de reojo y contemplé su perfil. Por lo que observaba, tenía un cierto parecido a la mujer que había dejado en el campo baldío unos días atrás. ¿Era su cabello?, ¿eran sus muecas? En ese momento no dije más.

De vez en vez, paseo en mi auto por las calles donde los chicos, usualmente homosexuales, se ofrecen por unos cuantos pesos. Doy vueltas y vueltas, tomo la calle Borunda, siempre a una velocidad lenta y obvia, que pudiera hacerme notar. Algunos se acercan a mí, me hacen señas, incluso he visto cómo tratan de deslumbrarme con sus falos erguidos apenas ocultos bajo una camiseta desfajada, me gritan que me detenga. Ven, me llaman sonriendo, mostrándose como los mejores amigos; acércate un poco, me piden. Ni uno de ellos entiende. Paseo por ahí en busca de alguna mujer que necesite acción, alguna muchacha en auto que me perciba y que me anhele en vez de a ellos. A final de cuentas yo también soy hombre y no le va a costar nada. Mis posibilidades han sido reducidas, pero en esos dos años, al menos dos muchachas han accedido a subir conmigo. La primera fue una morena de senos enormes. Esa vez emparejé mi auto con el suyo y le hice señas, ella me miró y sonrió, era una mueca de niña maliciosa, de travesura; apenas asintiendo con la cabeza, la seguí. Estaba nervioso, era como si me hubiera sacado la lotería después de tantos intentos. Vi las luces de freno encenderse y disminuí la marcha hasta detenerme en un parque. Dejó su auto estacionado y subió conmigo. Antes de que dijera nada, ya me había bajado el pantalón y comenzaba a tragarse lo que había descubierto. Al principio batalló, pero su boca, después de unas mínimas arcadas, logró tocar la base de mi miembro. Luego me dijo: Pellízcame los pezones. Ahora me pregunto si esta mujer que caminaba enfrente de mí le agradaría la idea de hacerle daño a sus tetas, con ese rosa tan claro; sus pezones enrojecerían de inmediato. En otra ocasión, una mujer blanca y muy delgada me pidió que terminara en sus ojos. Pero eso te va a arder, le dije. Pareció no escucharme, sólo se acomodó en el asiento del auto boca arriba esperando mi entrega, jadeó cuando mi blanco empezó a caer en sus pupilas, jadeó y tembló fuerte, largamente; después, como a la morena, la llevé a su auto y nos despedimos. A ambas mujeres les había pedido sus teléfonos, y ambas se habían negado y lo entendí. Después, mi buena suerte se fue abajo, nunca más se han querido subir conmigo. Esporádicamente paso por esa área de la ciudad, entre las casas viejas y chaparras de lo que antes fue un mejor barrio para vivir, a un lado de los jóvenes que siguen haciéndome señas, sin memoria, con esperanzas de alguna vez subir a mi auto, y yo esperando a alguna chica que quiera jugar conmigo.

En este momento, desde que conocí a Mariana, todas las mujeres se habían convertido en ella. Todas se contoneaban como sólo Mariana podía hacerlo. Todas tenían su cabello oscuro y largo.

La chica se detuvo en seco. Me permitió estudiar la redondez de sus nalgas y luego me enfrentó.

No soy lo que piensas, me dijo una voz que casi reconocía. A menos de un metro de distancia, volvía a distinguir claramente sus pezones.

¿En quién crees que estoy pensando?, le pregunté. Mis manos estaban detrás de mi cintura, entrelazadas. La muchacha sin nombre detuvo sus ojos a la altura de mi bragueta antes de mirarme al rostro.

Ella me envió a vigilarte, me respondió.

Sonreí y miré fijamente sus labios como tratando de entender lo que me decía.

Te está esperando, dijo al fin.

No sé si te refieres a Mariana o a…

En dos meses, me interrumpió; espero que no te sorprenda que… todas lo sepamos.

Ella se me acercó, cambié mi peso de una a otra pierna. Su parecido con la desafortunada mujer del baldío era extraordinario, la situación comenzaba a incomodarme. Los mismos pómulos, el cuello delgado, el estómago plano, me inquietaba.

¿Por qué siento esta desesperación cuando te veo?

Porque yo soy parte de ella y tú eres ella, me comentó en voz baja como revelándome un secreto. Se acercó más y pasó su lengua por mi mejilla, su respiración olía a tequila. Tú eres ella, me repitió.

Si me toco, ¿es como si la tocara a ella?, dije sin saber a ciencia cierta a qué o quién se estaba refiriendo Si te acaricio,

¿estaré acariciándome?, bromeé para quitarme la molestia que sentía, pero no hubo respuesta.

Me despierto. Es media noche.

«Soy Mariana», pienso erróneamente. Afuera los grillos están en silencio y no sopla ni un filo de aire. En mi habitación ronda un aroma a tequila. Mi mejilla esta húmeda. Mi pene, erguido.

Ese podría ser un buen cuento. Me incorporo y tomo la pluma. La sensación que me invade ya no me gusta. La nariz me duele como si estuviera inflamada por un golpe, pero al mismo tiempo es más fina. Toco mi cabello, está ondulado. Bajo la poca luz que se cuela de afuera percibo mis manos más delgadas y largas y, como para confirmarlo, las abro y las cierro. Tomo aire y con miedo y curiosidad toco mi pecho. Aquí no hay ningún cambio, confirmo y una risa se me escapa. Necesito dormir.

«Mariana está en todas partes, incluso aquí dentro», vuelvo a pensar erróneamente.

Abro mi cuaderno rojo y comienzo a garabatear palabras. Sé que cuando amanezca no tendrá ningún sentido lo que he escrito.

Salgo de dar clases a las siete de la noche. Media hora más tarde llego a mi casa. Iris me recibe: corre de un lado a otro del jardín, se abalanza contra las paredes y feliz me ladra.

Sobre el escritorio del estudio se encuentra la última versión del cuento del detective, lo tomo y lo hojeo; una luz que acaba de encenderse al otro extremo de la calle me invita a mirar. La luminosidad proviene de los departamentos vacíos. Hay una pareja en uno de ellos, estudio sus movimientos. Los jóvenes contemplan la estancia, observan la amplitud de la recámara principal y, como poseídos, encienden y apagan las luces. Afuera el encargado del edificio, indiferente, fuma un cigarro. Percibo en el andar de la pareja la duda: no serán los nuevos inquilinos. El cuarto queda a oscuras y al centro de la habitación, se dan un largo beso, él le acaricia un seno por debajo de la blusa.

Aún sostengo el cuento del detective. Mi primer libro lo acabo de terminar y lo envié a varios concursos y casas editoriales. Cada vez que regreso de la universidad enciendo la computadora y reviso mi correo electrónico, pero no hay nada. Las casas editoriales siguen sin contestar, no tienen qué decirme. Vuelvo a leer el relato.

A Martín no le mencioné nada de mi encuentro con Mariana y solamente le conté la mitad de la historia de la mujer ultrajada.

La noche antes de vernos en el bar, regresé al lugar de la aparición.

Los pinos al fondo parecían una cortina de estacas carcomidas; encendí las luces intermitentes y me apeé, decidido, no sé por qué, caminé al centro del campo; los grillos me rodeaban y un viento frío y agradable me envolvía, aspiré profundo y me invadió la humedad de la tierra y las yerbas, crucé las manos por detrás de la espalda, el golpeteo de las hojas unas con otras me tranquilizaba, era como oír una ola constante desde un balcón que da al mar. Estuve así unos segundos, oyendo los automóviles pasar a mis espaldas. La tranquilidad era tanta que me parecía irreal. En el cielo despejado sobre las puntas de los pinos, se apreciaba la constelación de Géminis.

Repentinamente los grillos callaron y el aire dejó de soplar, tuve un presentimiento: los insectos enmudecieron porque algo amenazante se avecinaba, tal vez atrás de mí, volteé con rapidez: ahí no había nada. Las manos comenzaron a sudarme. Entonces lo supe. Lo que allí había era el vacío absoluto. Miré hacia la cortina de árboles, hasta ahí llegaba la ciudad, el mundo se reducía en ese espacio. «Esa es la orilla donde comienza el reflejo de todo», me dije. Era como en mi cuento del detective. Agucé la vista y ante los pinos percibí una figura que podía ser humana. Temerosamente di un paso atrás y la forma respondió con la misma acción: alejándose. Por la distancia y la oscuridad apenas distinguía lo que veía, levanté mi mano derecha y el espectro imitó mi movimiento, me quedé perplejo, había encontrado el umbral de algo. Me paralizó la idea de que, al igual que yo, el ente aquel también se sorprendiera. De súbito, atrás del personaje que emulaba mis movimientos, surgió otra cosa amorfa y con velocidad se acercó a él, los pulmones se me llenaron de aire, las pupilas se me dilataron, sentí la adrenalina en mi sangre y músculos; corrí a la derecha y mi sosia también escapó de la sustancia informe; llegué al auto pensando que quizá eso mismo haría mi doble y no supe más, subí temblando y aceleré.

Atrás quedó lo que comenzaba o terminaba. Supe que la mujer ultrajada que había abandonado a mitad de la carretera decía la verdad. Quizá algo había cruzado a este lado y la había engullido. O ella, siendo de la otra orilla, había traspasado a este mundo como si fuera el eco de alguien más.

Recordé los cuentos de la rosa amarilla. Ella era una rosa amarilla.

Esa noche traté de dormir, pero la mañana me recibió con los ojos abiertos.

Cansinamente bajé y le di de comer a mi perra. Observé el día pasar desde mi ventana, como lo hacía el detective en el cuento. Todos somos detectives.

Cada vez que evoco mi narración, entiendo más a los personajes. Unos son la continuación de los que viven al otro extremo de la ciudad, no son complementos, son la encadenación de sus vidas.

Lo de la rosa amarilla lo leí en dos relatos, uno de Borges y otro de Cortázar, ambos comparten el mismo título. También lo oí en una canción de Roger Waters: «Won't you shed a tear for my yellow rose, my yellow rose...», canta al compás de una guitarra acústica.

Todos los cambios por los que he pasado en estos días me dan la inesperada conclusión: estoy sufriendo un castigo, soy la continuidad de alguien más, esa flor de la perpetuidad. Cuando deje de habitar este espacio, alguien continuará con mis actividades y ni siquiera comprenderá que estaba predestinado a que sucediera.

Alguien caminará mis pasos, alguien avanzará lo que a mí me faltó; seguirá dando clases en la universidad, escribirá la imagen, dirá mis palabras.

Mariana:

Una sola vez te vi y me haces falta.

Mi padre era un hombre furioso. Se escondía en los rincones de mis dedos, espiándome, intimidando mis movimientos. Mi padre fue una forma de cadena, una línea recta con barandales de púas a los lados y anuncios espectaculares para nublar la vista. Mi padre me decía «no», y mis manos lo soltaban todo. No había nada más allá de su voz.

Éramos mi hermano y yo en aquella casa de tres cuartos estrechos donde jugaba a cerrar las puertas y pretendía que eran departamentos y que la gente había huido dejando atrás sus pertenencias. Luego estaba la carretera y luego el kilómetro 28 y más allá el mundo abierto, el sur como una tierra más verde y fría en verano. Las casas estrechas sobre calles o callejones angostos me vigilaban.

Mi vida era como leer un libro aburrido donde esperaba que en la página siguiente algo importante sucediera. Ir a pie significaba escribir mi propia vida, por eso caminaba a todos lados y miraba los gorriones, los cables de luz ondeando, pasando su corriente sin contratiempos.

Recuerdo una mujer sangrando en los asientos de un camión, ella de blanco y los pasajeros ofreciéndole servilletas para limpiar esa sangre que brotaba de abajo, recuerdo los vasos en la mesa de mi casa plenos de agua de limón, o sandía o papaya y hielo, los pijamas durmiendo en los cajones, las ventanas sucias de mi casa y las ventanas polvorientas de los vecinos y las rápidas ventanas de los autos. Todo lo estudiaba con detenimiento y mi castillo eran mis propias palabras, subrayando con mis pasos lo que fuera más importante.

Cada mañana los extraños que llegaban a la mesa tomando los lugares de mi madre y mi hermano me daban los buenos días; mi padre siempre era el mismo, con la misma voz y los mismos ojos de alfiler. Buenos días, buenas tardes. Mi hermano un día dijo dolerle el cuerpo y los ojos se le pusieron amarillos y no tenía ganas de jugar ni ver televisión, así que lo llevaron al médico y tuve que irme a vivir por cuatro semanas con mi abuela. A mi hermano le daba mucha comezón y de tanto rascarse le brotaron ampollas llenas de agua.

En el jardín de mi casa había un olor aceitoso y dulce llenando el espacio, era un pino que un día mi papá tiró de un tajo porque decía que estaba enfermo. Cuando llegaba de la escuela lo veía regando un pedazo de tierra hasta que brotaron unos rojísimos y grandes tomates, mi mamá los cosechó y las plantas se pusieron café y murieron. Si quieres más, dijo mi madre, tendremos que sembrar las semillas. Pero nunca lo hicimos. Fueron los frutos más deliciosos.

En julio, los días te mordían el cráneo y mis amigos y yo incendiábamos las yerbas de los terrenos baldíos con una lupa. Las llamas se levantaban tan altas como el más alto de nosotros y corríamos a escondernos con miedo para, semanas después, volver a hacerlo. Incendiábamos los tambos de basura y huíamos al canal manejando nuestras bicicletas para que nadie nos alcanzara. En el canal había langostinos que pescaban en verano los niños y les desprendían las extremidades, las chicharras cantaban llorando aquellas muertes. En el canal también murieron Rogelio y Armando.

Nuestras bicicletas recorrían las acequias lejanas y yo lo hacía con mucha cautela. Una vez, la llanta delantera se averió, Omar, el amigo más viejo –pero qué tan viejo puede ser un niño de diez años, cuando los otros tenemos ocho o nueve–, la reparó. No te preocupes, todos me decían. Armando me puso una mano sobre el hombro, no se va a notar; y yo pensaba que el tiempo corría demasiado rápido y tenía que estar en casa temprano con mi bicicleta intacta, y mientras, Omar, con un desarmador sacaba el neumático y buscaba la perforación y aplicaba el parche con un pegamento transparente. Mis padres nunca lo notaron. Mis recorridos a pie y en bicicleta eran las palabras de mi libro.

Primero me enamoré de Bianca, la morena de la esquina. Le escribía cartas que ella regresaba sin abrir. Pero son tuyas, le insistía, y Bianca, la morena de ojos verdes y labios gruesos y cabello corto y lacio las devolvía. Tenía un lunar a un lado del cuello y uno debajo de la barbilla que se notaba sólo cuando miraba al cielo. Un día sus padres y ella se fueron llorando y nunca regresaron. El día que partieron, Bianca iba en el asiento trasero rompiendo un sobre blanco. Por un tiempo la casa quedó vacía y así llegó Angélica, la muchacha rubia. Tenía un lunar en el oído izquierdo, la reina Angélica que platicaba conmigo a través de la malla metálica de su puerta. Encerrada siempre. Explicándome que ella sí sabía lo que era besar. Tienes que meter la lengua en la boca de la mujer y ahí dentro la entrelazas con la de ella. Eso era besar. Pero Angélica nunca salía, siempre del interior de su casa llegaba un olor agradable a jabón. Un día pegó sus labios a la malla y quedaron cuadriculados. Así lo recuerdo, era una muchacha cuadriculada. Luego nosotros nos fuimos a una casa más grande.

Yo dibujaba pero nunca fui bueno. Comencé a escribir. Eran narraciones que escuchaba de mis amigos o imaginaba. Por las noches hablaba dormido, pero lo hacía en inglés y mi madre no entendía, así que nunca supe lo que decía en sueños. Enfrente vivía Delia, que platicaba demasiado fuerte y rápido y su madre le ajustaba las pantaloneras para que sus nalgas se vieran firmes. Un amigo me dijo que ella se masturbaba con su almohada, que un día la había olido y la tela despedía un olor agrio. Nunca entré en su casa. Yo era el nuevo y aunque viví por muchos años ahí, siempre fui el nuevo, incluso cuando Alejandro, el más chico de la cuadra, se fue y sólo quedamos mi hermano, Delia y yo. Ella siempre hacía fiestas en su casa y nunca nos invitó. De pronto me saludaba, pero no pasaba de un buenos días, Fabio, buenas noches, Fabio. Crecimos, mi vecina comenzó a engordar, en ella veía el cuerpo abundante de la madre; yo seguía flaco y entonces ya ni siquiera me saludaba.

Me masturbaba pensando en Bianca y cada vez que terminaba, una vergüenza roja me llenaba la cara y juraba que no lo volvería a hacer y que por haberlo hecho todo en esa tarde me saldría mal. Me llenaba de mala suerte cada vez que eyaculaba; pero pasada la semana, ahí, en mi recámara o en el baño, Bianca o Angélica, la chica cuadriculada, se metían en mi cabeza y tenía una erección tan fuerte que sólo podía controlarla, domarla, si me volvía a masturbar.

Primero fueron Bianca, Angélica y Marla. Luego fueron Idalia y Berenice. Idalia tenía unos senos grandes y le gustaba que le dijera que era hermosa. Eres hermosa y lo sabes, le decía. Ya sé que soy hermosa pero me gusta que tú me lo digas, me respondía. Y así se convirtió en mi fantasma, cuando no hacíamos el amor en el auto o en su casa, detenía el coche en algún lugar oscuro y me masturbaba, apagaba esa lumbre de ansia; la dejé por Berenice. Berenice y yo salimos tres veces. Luego en una gran y dolorosa sorpresa se fue a Estados Unidos. Lloramos. Por un tiempo me escribió extensas cartas sobre su madre y su padre y el divorcio y la muerte de un hermano en un accidente de carretera, todo en menos de un año; un buen día las cartas cesaron. Le escribí en varias ocasiones pero nunca tuve ninguna contestación.

Luego fuiste tú. Y aunque sólo lo hicimos dos veces, fue suficiente. Han pasado cosas extrañas, estás en todos lados, acechándome, eres todas las mujeres.

Mi padre dejó de esconderse entre mis dedos sólo para ser relevado por ti. Siento que soy tú. Me pregunto si tú serás yo. Me pediste que te contara mi vida. Pues lo hago. No tengo problema alguno. Pude haberte dicho en pocas palabras que viví en una casa de interés social hasta los once años, luego nos mudamos a una casa en un fraccionamiento cerca de la escuela de mi hermano, tuve una novia que la dejé por otra y ésta se fue de improviso a Estados Unidos. Algunas mujeres después, te conocí. Pero no es tan sencillo. Como nunca lo ha sido el amor. El amor ha revolucionado la vida, por una mujer se puede todo, traicionar o morir. Un vecino, del lado de la acera de Delia se suicidó porque su novia lo abandonó una tarde en un parque; llegó a su casa, hizo un buen nudo en una soga y se colgó de un árbol en su patio. Tardaron más de una hora en bajarlo. La muchacha no fue al velorio.

Hace poco, platicando con unos amigos en la barra de una cantina, uno de ellos nos comentó que ya no amaba a su esposa. El amor es una ficción, dijo, es un invento que tiene que ver con ataduras pasionales y sentimentaloides, la poesía es lo que importa, es la única que no miente, por eso mismo el poema siempre existe, es absoluto, no es como una relación de pareja. Le dio un trago a su vaso de whisky y miró a su mujer que estaba a un lado de nosotros, ella, sosteniendo su botellín de agua y, sin expresión aparente, le lanzó apenas una mueca que no pude tachar de vergüenza, no teníamos idea si aquella declaración le molestaba o si incluso la aceptaba, estar frente a ellos, en ese momento, fue incómodo. El amor no es ficción, le dijimos, sólo hay que trabajar en él. Mi amigo parecía hastiado, pensando, quizá, que nadie lo entendía y nada más bebía de su vaso como si estuviera defendiéndose de nosotros: bebía, dejaba el vaso sobre la barra y se recargaba en el respaldo con los brazos cruzados. A media plática, la mujer le dio un beso tibio en la mejilla, se levantó inexpresiva, acaso impasible, acaso resignada; nos dio la mano y se fue; nunca respondió ni argumentó nada.

Como puedes ver, no es tan sencillo, no es remontarse a los primeros pasos, porque el mañana, como dice Janis Joplin, no existe, siempre es el mismo maldito día vivido una y otra vez, y la creo. Despertar es abrir los ojos para regresar al mismo momento, al mismo amor, a las mismas piernas, al mismo sudor, al mismo beso, a los mismos tiempos. La muchacha que nos atiende en el cine siempre será la misma de dieciocho años, la que nos vende los condones en la tienda es la misma mujer de veinte años de tiempo atrás. Antes de que yo existiera, un hombre similar a mí pisó esta misma tierra ya pisada, recorrió la misma playa y bebió la misma agua siglos atrás bebida. Por eso se requiere del amor.

Pronto te veré y lo comprobaremos.

F.

Me despierto a las cuatro de la mañana. De nueva cuenta tuve uno de aquellos sueños recurrentes. La cabeza me punza. Estoy bañado en sudor.

Por la ventana de mi recámara se cuela el canto de los grillos y el silbido del tren. En la oscuridad tomo la linterna de mi buró. El piso está fresco. Me dirijo a la ventana y alumbro una de sus esquinas. Ahí sigue el diminuto panal de avispas resguardado por la futura reina.

Tres semanas atrás había descubierto a cuatro avispas amarillas construyendo el nido acompañadas de sus más leales compañeras. Con un poco de pena tiré el avispero aún en construcción. Cuando lo desprendí sentí una gran culpa, pero es mejor, argüí, y supuse que ahí había quedado todo. Nada más lejos de la verdad. Ese mismo día, pasadas las ocho de la noche, las avispas rondaban el espacio vacío como si estuvieran apenas comprendiendo la situación o como si no quisieran aceptarla. La noche siguiente las encontré durmiendo una enseguida de la otra con sus cabezas casi tocándose formando una especie de estrella. ¿Por qué no se van?, les pregunté. Sentía lástima por las pobres y, ahora, vagabundas avispas; pensé en rociarlas con insecticida pero deseché la idea de inmediato. No tardaron en edificar un nuevo panal; hice cálculos; de las cuatro originales podrían nacer alrededor de cinco mil avispas. La futura reina es la que siempre comienza la construcción del nido. Volveré a tumbarlo si llegan más lejos, sentencié, será hoy por la noche o mañana por la mañana; pero no fue así.

Ahora, de las avispas, sólo queda una. Tal vez su promesa de formar un mejor y más grande avispero no fue suficiente para mantener unido al grupo. El nuevo panal es la mitad del original, no más allá de tres o cuatro centímetros. El haz de mi lámpara ilumina las cámaras hexagonales, dentro de unas cuantas se aprecian los huevecillos como perlas grises. Apago la luz.

Pienso en los detectives privados de la narración que Fabio me leyó. Me siento como el detective que vive al otro extremo de la ciudad, pasando los campos oscuros donde alguna vez se encontró con aquella mujer. Su recámara ha de ser como la mía pero sin avispero. Dirijo de nuevo mi lámpara al nido. La futura reina custodia sus cuatro perlas vivientes. Tomo la vara con la que desprendí el primer panal y a medio camino me detengo. Sé que no es bueno tener avispas como mascotas, es doloroso pensar que todo ese trabajo (dos veces construir un nido, dos veces encubar huevos), desaparezca de la faz del mundo con tan sólo dirigir mi mano hacia ellas.

Las avispas viven alrededor de tres meses y nunca vuelven a utilizar el mismo nido. Al final de julio la reina estará muerta y las jóvenes habrán volado en busca de otro sitio para construir su propio avispero.

Este es Martín, mi amigo flaco y ahora más ojeroso que nunca, el que me cuenta de sus aventuras detectivescas:

Desde hace más de un mes he monitoreado un panal de avispas en mi ventana. A medianoche me levanto y con una lámpara de mano veo cómo van construyendo su nido. Por las noches me gusta mirar los huevecillos moviéndose llenos de vida. Al principio eran cuatro avispas, desde entonces, las otras han ido y venido, cuidando, siempre en guardia, sus futuros retoños.

Lo había visto apenas una semana atrás y ahora comíamos en un restaurante japonés sobre la Gómez Morín.

Cuando comenzó a trabajar en la maquiladora de autocomponentes, allá por el tercer semestre de la carrera, nos dio la noticia a Perla y a mí, de que se había conseguido un fabuloso trabajo con posibilidades de viajar a Estados Unidos y a Canadá. Si todo va bien, nos dijo, pronto conoceré Detroit y Montreal.

Un año después viajaría constantemente al norte. Las travesías eran cansadas pero el simple hecho de subirse al avión y sentir el vacío en el estómago cada vez que despegaba o tocaba el suelo, era suficiente para saber que ya se estaba yendo, que su casa no era aquella donde aún vivía con sus padres, anclada, enraizada en Ciudad Juárez. Así consiguió las ojeras profundas y marcadas que lo caracterizan. Después de regresar de una de sus asignaciones, llegaba colmándonos de historias y descripciones de Montreal, de los bares sobre la calle Santa Catalina y los restaurantes enfilados sobre la avenida San Dennis y la neblina que en invierno cubría las torres de las iglesias. En ese entonces Perla ya había conocido a su futuro esposo, un joven llamado Salvador, y nuestras reuniones se reducían en cantidad y tiempo.

Junto con el séptimo semestre de la carrera, llegaron los primeros síntomas de la crisis automotriz. Un semestre después, Martín hizo el último viaje al norte. La ensambladora de automóviles de Santa Teresa, a cuarenta y cinco minutos de Montreal, cerró, al igual que la maquiladora que proveía los arneses y la planta de forro de asientos, a la que representaba; ésta había sido vendida a la competencia dejándolo en la incertidumbre. No se preocupen, les dijeron a mi amigo y a sus compañeros, su trabajo está seguro.

Con los viajes al norte extintos, empezó a trabajar en su nueva asignación, pero ya su camino no terminaba en Canadá. La moldeadora que visitaría desde ese día se encontraba en Matamoros, era una nave de pisos sucios y aceitosos, con el ruido infernal y neumático de las máquinas cerrándose, del material de plástico fundido llenando las cavidades de los moldes y, por supuesto, el calor extenuante junto con la humedad que se metía en todas partes, en los zapatos y en las hojas de los cuadernos volviéndolas flácidas y rugosas. A diferencia de la pulcritud de la planta de forro de asientos en Santa Teresa, ésta formaba los plásticos y el aluminio que componían los volantes para las camionetas. Diez mil en total durante las veinticuatro horas, siete días de la semana. Veinticuatro, siete, como se dice.

Con el nuevo trabajo, los inminentes cambios se dieron y el bonachón y agradable jefe fue reemplazado por un tipo alto y flaco con quien nunca tuvo una buena comunicación. A los tres meses de conocerse, en las juntas con sus superiores, el nuevo jefe criticaba a mi amigo, ¿de qué trataban esas críticas? Nadie lo sabía, pero él intuía que algo no iba bien.

El viaje era una necesidad para Martín. El estar en constante movimiento era lo que lo mantenía despierto y de buen humor. Ver el mundo desde arriba, los caminos de tierra, los sembradíos, los picos blancos de las montañas como no mucha gente podía admirar; esos detalles eran suficientes para el futuro ingeniero. Él había tenido buena suerte, él había sacado su escuela pese a la carga y al cansancio del trabajo y los viajes. Dormirse tarde, despertarse muy temprano, volar en domingo, recuperar las horas del vuelo, acostumbrarse a los cambios de horario. Aguantar las largas filas de autos de regreso a su casa del aeropuerto, los reportes para justificar sus gastos de consumo y hospedaje, los números que debían concordar, los dineros precisos, el dólar canadiense contra el dólar de Estados Unidos contra el peso mexicano, los recibos acumulándose en el maletín de piel oscuro que su padre le había regalado. Pese a todo esto, había logrado avanzar en sus estudios, sus calificaciones eran respetables y algunos maestros lo consideraban un buen alumno. Ahora sospechaba que su nuevo jefe le había puesto trabas. Nuevas asignaciones se presentaban, unas para Corea del Sur, otras más para Detroit, y cada una de ellas podía ser por seis meses o hasta por tres años; su jefe nunca lo contempló. Veía cómo las asignaciones eran ofrecidas a nuevos compañeros. Una sola vez lo encaró.

¿Por qué nunca me ha tomado en cuenta para esos puestos?, le dijo el muchacho en medio del pasillo al tipo alto de ojos claros, ¿por qué nunca me han ofrecido esos trabajos? El jefe, mirando a los lados y midiendo la inteligencia del joven, solamente dijo: Verás, la situación es la siguiente: los puestos son para ingenieros ya egresados y pues ese es el perfil que se requiere, no quisiéramos que las asignaciones interfieran con tus estudios porque sabes que es lo más importante para la compañía. Al pronunciar la palabra compañía sus labios crecieron mostrando unos dientes delgados y amarillos. Pero usted bien sabe que solamente me faltan tres meses para terminar la escuela, le replicó. Eso lo pusimos en la balanza, pero, ya que me lo comentas, déjame decirte que nuevos puestos están formándose y, por supuesto, de ahora en adelante tú serás uno de los candidatos, le dijo muy correctamente y se retiró. El hombre alto y delgado le dio la espalda y avanzó tranquilo por el pasillo alfombrado hasta dar vuelta a la derecha y desaparecer en su oficina. Su jefe había sido contratado apenas un par de años atrás cuando Martín ya cumplía casi los cuatro en la empresa y conocía la mayoría de los contactos de éste y del otro lado. Aquella plática no llegaría a ningún sitio y eso lo sospechaba, se quedó ahí, al lado de la copiadora y los vacíos cubículos de sus compañeros que a esta hora del día podrían estar durmiendo en su nuevo departamento de Corea del sur o realizando su entrenamiento en Detroit. No podía esperar nada de alguien que ni siquiera lo invitaba a su despacho a explicarle la situación. Lo vio avanzar con paso firme hasta su despacho, sabiendo que la distancia entre ellos era de una extraña victoria, de una batalla que nunca comprendería.

A los tres meses de haber recibido su título profesional, se enteró de que el departamento de calidad requería un ingeniero para Querétaro. Es mi oportunidad, me dijo, mi viejo y alegre amigo se vislumbró entre todo aquel cansancio que le marcaba los ojos. Ya para entonces vivía con Eme a quien había conocido por medio de un amigo; era la amiga del amigo y había visto en ella una posibilidad, una dicha que lo hacía levantarse todas las mañanas con energía; ella era el tener que tener, parafraseando a la poeta Anne Sexton. Por eso se había enamorado de Eme, y por eso mismo habían decidido vivir juntos, planear su vida como pareja, y, si todo funcionaba, casarse. Era bueno verlos juntos. Irradiaban alegría, se completaban las respuestas. De vez en cuando me invitaban a su casa y pasábamos largo tiempo platicando, en varias ocasiones vimos juntos el amanecer. De las entrevistas para aquel puesto en Querétaro había salido triunfante. Con tal de verlo fuera de su vida, el jefe de dientes amarillos al final decidió firmar los papeles de transferencia. Aun así, cuando recibió los documentos los dejó descansar en su escritorio un par de días antes de firmarlos. Ni siquiera él entendía lo que pasaba por su cabeza cuando ese joven ansioso y enclenque lo saludaba en los pasillos, tanta confianza en sí mismo lo ponía nervioso, lo aborrecía. «A fin de cuentas, que otro se encargue de él», se dijo y suspirando lo liberó.

Mi amigo leyó libros sobre la historia y las costumbres de su futura ciudad, su madre ya lo extrañaba, su padre lo había abrazado fuertemente deseándole lo mejor y Eme, la querida Eme, la muchacha que trabajaba de gerente en un bar, tenía algunas opciones de dónde vivir en aquella ciudad. Nos va a ir de maravilla, le comentó una noche mientras Martín descifraba desde su ventana la oscuridad del campo de algodón detrás de su casa, una bruma de humo y tierra cubría el espacio. Eme se reflejaba en el cristal mientras su barbilla descansaba en uno de sus hombros. Por supuesto, le contestó él y no había nada mejor en el mundo que la partida constante y una mujer que lo entendiera y apoyara. Podré trabajar en otro bar, quizá pudiéramos abrir un café. He estado analizando las posibilidades, concluyó María. El campo se veía pacífico, hundido en esa capa oscura de noche, ocultando, siempre ocultando.

A unos días de su viaje, el compañero a quien pretendía sustituir en Querétaro, cambió de opinión, ya no quería regresarse; no dio explicaciones o sus nuevos jefes las ocultaron, pero, haciendo comparaciones entre las ciudades y las comodidades, se podía entender.

Mi amigo sí cambió de oficina y actividades, pero, de nueva cuenta, Ciudad Juárez lo había retenido entre sus calles y sus autos viejos y sucios y sus edificios chaparros y sus cielos despejados la mayor parte del año y su cotidianidad. Nuevos compañeros, nuevas actividades, pero en el mismo sitio, entre el mismo calor consumiendo el brillo de los autos en verano, en el mismo frío secando las enredaderas y las bugambilias en invierno, el mismo aire terroso inundando las flores de las lilas en primavera. Los años se le habían colgado, las ojeras se le pronunciaron un poco más.

Varias noches se despertó sudando por pesadillas que no recordaba. Entonces la crisis automotriz azotó a Estados Unidos, GM, la compañía líder en automóviles y camionetas y que formaba parte de los Tres Grandes, como se les denominaba al grupo formado por GM, Ford y Chrysler, comenzó a tambalearse. La organización donde trabajaba entró en fuertes reestructuraciones y eso significó más tensión en los departamentos. Los directivos buscaban la manera de deshacerse de los trabajadores gastando lo menos posible, reducir, reducir, reducir. China se convirtió en el nuevo competidor y el nuevo futuro y las nuevas posiciones para irse de Juárez a Asia surgieron, pero Martín no tenía la fuerza ni siquiera para desearlo, ya no era el joven de veintidós años que estudió conmigo en la universidad. Cuando Eme y él decidieron probar suerte viviendo bajo el mismo techo, había planes; dejar ese trabajo tan absorbente y viajar. ¿Adónde? A donde fuera, quizá instalar un café en una de las plazas nuevas de la ciudad, después la posibilidad fallida de irse a Querétaro. Pero llegó el letargo de la relación y la separación dolorosa e inevitable.

Ahora me habla de avispas y avisperos y las ojeras están más delineadas que nunca, pero no es por Eme, porque para él eso ya quedó atrás y le creo, la culpa es de los sueños que lo acechan donde un hombre desconocido supuestamente le aconseja dejar la ciudad, al menos así es como él lo interpreta, y eso es lo que lo mantiene preocupado y sólo él sabe lo poco que duerme por las noches.

Sale muy temprano por las mañanas a su trabajo y cuando regresa se enclaustra en su departamento para leer alguna novela o para estudiar las actividades de las avispas en su ventana. Mi amigo Martín Rodríguez Miranda, juarense, hijo de Ernesto y Concepción. Ambos llegados a Juárez a finales de los sesenta en busca de un mejor futuro.

¿Qué haces, Martín?

Reconozco de inmediato la voz de Perla.

Nada, leo las noticias y me tomo un café.

¿Ya decidiste si podremos vernos antes de que me vaya a San Antonio? Me dice de golpe y trato nuevamente de imaginarla en ropa interior. Nada. Quizá era porque sus llamadas ocurrían muy temprano por la mañana y mi mente estaba aún despertando o pensando en las respuestas que debía conseguir de mis proveedores.

Te mandó saludos Fabio, le digo.

Sabes que cuando me casé con Salvador, pensé que nunca más podría verte de nuevo a los ojos, me revela como si no me hubiera escuchado, es estúpido lo que te digo, pero así me sucedió. Yo deseaba casarme con él. Cuando me hizo la pregunta, lo primero que pensé fue qué hubieras hecho tú, cuál hubiera sido tu opinión. Y ahí, en medio de la música de piano del café Central en El Paso, con una copa de champaña y un anillo fabuloso, pensé en ti. Me trabé por miedo a que Salvador lo notase, dije sí y todo salió bien. Y así fue.

Te escuchas relajada, me imagino que estás descansando boca arriba en uno de tus sillones.

No traigo sostén ¿Quieres que me toque? Me dice y yo, como siempre, miro a los lados. Aparte de un ingeniero hablando inglés por teléfono a unos cubículos del mío, la oficina está en silencio.

Así no tiene sentido, estás muy lejos, bromeo.

Sabes que cuando nació Rubén, no me salió ni una estría. Mi estómago se veía liso y firme. Pensé que sería igual si volvía a quedar embarazada pero no fue así. Al nacer Julio, me salieron unos horribles surcos rojos en el vientre y me deprimí. Me imagino que fue cuando Salvador comenzó a buscar mujeres más jóvenes. Más jóvenes, repite un poco molesta, ¡como si treinta y dos fueran demasiados años!

Y no lo eran, Perla entraba en la denominada «edad del pegue de los treinta», esa edad donde la madurez es la perfecta y nada está fuera de su lugar, senos firmes, piernas torneadas, piel saludable y sobre todo, si la mujer en cuestión es económicamente independiente como Perla, y hace ejercicio todas las mañanas y practica karate por las noches cada tercer día y paga sus botellas de vino cuando sale con sus amigas –las otras amas de casa del fraccionamiento donde vive–, se vuelve aún más atractiva.

¿Estás segura de que te pone los cuernos?, le pregunto.

Por supuesto que estoy segura; un día, ya harta de que llegara tarde, le sugerí, así de golpe, que me gustaría hacer un trío con una muchacha, la que tú quieras, le propuse y pues Salvador de inmediato se emocionó, entró en la red, metió alguna contraseña en un sitio que no recuerdo y vi mi fotografía ahí, para todos los que les interesara conocerme. Me mordí los labios, pero necesitaba saber qué tan lejos podía llegar mi marido. Mira, aquí hay una chica de veinte años que se llama Sandra, también hay una muchacha de veintidós que se llama Lorena; una es de El Paso y la otra vive aquí en Juárez, me explicó. Me sentía ultrajada. Mi foto publicada por mi propio esposo. ¿Qué tanto la tal Sandra o la tal Lorena conocían de mí? ¿Tendrían ellas estrías en el estómago? ¿Cuántas veces se habían acostado con él?

Pero no estás segura de eso, trato de consolarla.

Mira, una mujer sabe. Cuando has vivido con alguien por tantos años, cuando compartes la cama, cuando te bañas con el mismo hombre cada noche o cuando haces el amor, hay indicios, algo es distinto, por mínimo que parezca, algún beso, alguna caricia, lo delatan. Definitivamente Perla estaba recostada en uno de sus sillones blancos, lo percibía en la voz.

¿Y por eso quieres acostarte conmigo? ¿Para vengarte?

Sí... Bueno, la verdad, desde que me casé no he besado a ningún otro hombre. El año pasado un amigo de la familia intentó hacerlo, al sentir sus labios sobre los míos me separé, ni siquiera fue suficiente para saber si me gustó. Miro el contador de tiempo de las llamadas, habían pasado seis minutos.

Esta es la segunda vez que me piden algo así, le comento pensando muy bien en lo que le voy a contar, cuando estábamos en segundo semestre Brenda se me acercó...

¿Brenda? ¿La que se sentaba enfrente?

Pues ella, en una fiesta de grupo, me reveló que estaba por casarse y me pidió que yo le hiciera el amor. Aparentemente todavía era virgen y no quería que su futuro marido se diera cuenta o fuera él el que se encargara del asunto. Qué tal si lloro, o me duele o no me gusta, no podría verlo a los ojos nunca más, me dijo Brenda. Así que las razones que me dio me convencieron, algo sobre el amor y el no amor, alguna cosa así que en el momento y con unas cervezas en el cuerpo se me hizo justo; hasta sentí como una obligación cívica desflorar a Brenda. Percibí una risa ahogada del otro lado del teléfono.

¿Fue agradable?

Fue muy difícil, le comento en un tono indiferente, no quería sonar pretensioso, quería sonar muy natural y no sé si lo logré. Cuando ya estaba listo para penetrarla ella se movía, me pedía que fuera más lento, que percibía un ligero dolor. Nos habíamos quedado de ver en un restaurancito argentino cerca del Tecnológico. Dejó su auto ahí y nos fuimos juntos a un motel. Brenda, recuerdo muy bien ese día, llevaba unos jeans y una blusa blanca. Olía agradablemente a un perfume de frutas que nunca he vuelto a reconocer en nadie. Cuando nos besamos, fue muy divertido, porque al principio sentí sus labios apretados, pero después de platicar y beber unas cervezas, su lengua se paseaba dentro de mi boca tímida, jovialmente. Hasta hace poco decidí que aquella había sido una buena velada. Yo tenía mis dudas de que en verdad pudiera hacer lo que ella me pedía, pero cuando nos desnudamos la incertidumbre se esfumó. Brenda tenía un cuerpo hermoso.

Una cadera amplia, como a mí me gusta; unos senos grandes y rosados. Batallamos hasta que le dije, está bien, si quieres cuenta, al llegar al tres, lo hago y listo. Brenda asintió con la cabeza y cuando conté hasta el dos, me empujé hacia ella lo más rápido que pude y así terminó mi misión. ¿Sabes qué fue lo que ella hizo?

No.

Nada, no hizo nada. Lo que recuerdo con mucho detalle es su paladar, eso es lo que vi, una boca llena de dientes blancos y su paladar rosa. No hubo lágrimas, ni orgasmos, era un trabajo, fue como haber efectuado una operación y la habíamos realizado satisfactoriamente.

Perla se queda en silencio.

¿En qué piensas?, le pregunto.

Desde que vi mi foto en la red, percibo un ligero aborrecimiento por Salvador, sé que se me pasará, pero ahora es como ver a un extraño que no te da confianza, es haberte separado de algo que ya lo ves a lo lejos y no recuerdas lo agradable que fue en algún momento de la vida. Lo haría contigo... También me gustaría que me vieras haciendo el amor, pero eso es entre tú y yo y nadie más. Desde que vi mi foto ahí, dispuesta para todos, cada vez que lo hago con Salvador dejo la luz encendida de la recámara en espera de que la vecina, una mujer cuarentona y guapa, nos vea. Imagino que a ella no le interesan mis estrías y que es suficiente con mis senos para atraerla; a Salvador le agrada la idea pero no lo entiende como yo. Para mí, eso está bien.

No sé si sea posible, ¿tan importante es la venganza? No dudo que estando en la cama algo suceda, pero ya que me dijiste el motivo, algo me incomoda. Perla hace una pausa larga, escucho su respiración y claramente imagino su pecho bajar y subir cada vez que inhala o suelta el aire.

Quizá no haya venganza en todo esto, me dice seriamente Perla, su voz es tan parecida a un murmullo. Esta es la primera vez que voy a dejar Juárez. Mis abuelos son de Chihuahua, mis padres nacieron aquí, mis hijos son de aquí. Todo el tiempo los nuevos han sido los otros, los que vienen de Durango o de Veracruz o de Zacatecas. Los chistes sobre los que llegan no te incomodan, se supone que tú eres quien habla mal de ellos, que si ya no hay agua en la ciudad porque se la acabaron los de Torreón, que si los chilangos son prepotentes, que si los veracruzanos son unos mal vivientes; te saludan pero, cuando regresas el saludo, te sientes superior porque conoces mejor la ciudad, sabes por dónde moverte y tus hijos lo sabrán igual o mejor que tú y las raíces que te anclan son tu trabajo y las cuatro paredes de tu casa. Espero que me entiendas.

Y la entendía. Yo era un tipo de ancla, una ventana al Juárez que había intercambiado por su esposo y su gimnasio y sus clases de karate y las conversaciones con su suegra sobre los hijos y las recetas para los convivios de fines de semana, por eso me llamaba cada vez que podía, para darle un vistazo al mundo que se había quedado al otro lado de sus bardas electrificadas. Por supuesto que la entendía y si nos lo proponíamos, hasta pudiéramos divertirnos juntos en la cama de algún motel.

A Brenda nunca la vi más. El día que repartió las invitaciones para su boda no me dio ninguna. Exactamente la noche antes de su casorio me habló, se escuchaba ebria y percibía que había estado llorando, me invitó a su apartamento, me dijo que me esperaba, que quería platicarme algunas cosas importantes, sobretodo, por ejemplo, el poder mirar a los ojos sin miedo, pero no lo hice. La boda se efectuó ese verano y para el nuevo semestre Brenda no regresó a la universidad y nunca más supe de ella.

Cuando Perla se casó, nuestras reuniones se redujeron a una sola fiesta por año en su casa amurallada. Quizá sí debería acostarme con ella, con alguien que se estuviera yendo, probablemente el ancla que yo podía ser para ella funcionaría en sentido contrario para mí, me alentaría a irme. Yo sería, al igual que mi amiga, de los que llegan, de los que preguntan dónde queda el banco más cercano o la calle tal, de los que buscan apartamentos baratos para pasar los primeros meses mientras se consigue un buen trabajo o un trabajo mejor o al menos uno; de los que son corregidos cuando hablan o señalan tal cosa, porque no se dice eso, porque se puede mal interpretar; en pocas palabras, de los que reciben la burla. Por supuesto que la entendía. Lo itinerante que era descolgar las fotografías del estudio, buscar las cajas para la mudanza, buscar la compañía de transporte correcta. ¿Qué cosas dejaría atrás? ¿Qué tantos libros? ¿Con qué se quedaría mi madre? ¿Me llevaría la lavadora?

Claro que te comprendo, le dije al fin, a esa mujer que se había guarecido detrás de su teléfono por años. Era verdad que tendría que buscar un nuevo gimnasio y un nuevo *dojo* y se haría de nuevas amigas que también serían de fuera, tomarían café en algún centro comercial o en el jardín de alguna de ellas, si el tiempo lo permitía. Jugarían los niños en las resbaladillas y las albercas caseras, adornadas con un gran asador de acero inoxidable. Todas ellas resguardadas por sus ejercicios, hablando de lo que dejaron atrás en tal ciudad de México o Centro América o Sudamérica, cansándose para no pensar en lo que sigue.

Por supuesto que podremos vernos antes de que te vayas, le dije y suspiré. Vi el contador de tiempo, ya habían pasado veinte minutos.

Te llamo una semana antes de que me vaya. Tengo que hacer demasiadas cosas, ordenar la casa y preparar los envíos y no te imaginas qué tanto más. Sonaba animada, como si hubiera cumplido con una tarea más y hubiera palomeado la actividad en su lista.

Le pedí que se cuidara y colgamos.

Mariana:

Espero no asustarte. Me estoy volviendo loco.

Todo es así: un pedazo de carne, un pliegue tras otro, un labio rozando el otro, lo que observo es a una mujer en una ventana de palabras y me oculto tras las cortinas cuando ella enciende la luz. Pienso en ti, en ella, en las posibilidades. Mi piel conteniendo los kilos exactos de carne, músculos limpios y apretados, vellos delgados y claros y poros cerrados.

Es indiscutible lo que te voy a decir, mi nariz es de alguien más, mis manos cada noche son absorbidas entre temblores y jugos. Tú, en la otra orilla y yo temblando de este lado. Soy un capullo para tu voz y mis vísceras son un puñado de ti, buscando su camino; dos corazones como campanas repicando al unísono, puertas que se abren.

El aire arrastra la música de un bar cerca de ahí. Bajo las escaleras, escucho a mi perra en el umbral de la cocina.

Cortázar tiene un cuento donde una mujer está embarazada del hijo de Drácula, al final, cuando ella está dando a luz, la mirada se le endurece, su cabello es sustituido por uno más corto, los pechos se le hunden, el sexo se le transforma, la mujer deja de ser mujer... Deberías estar aquí. Te conté cosas, pero nada importante, no te conté de mi hambre que cruje como vieja mecedora... los perros aúllan, alguien me observa a través de estas palabras. Esta noche me transformaré en ti, tendré tu nariz y tus huesos me amoldarán, mis cabellos se rizarán para contener los tuyos, una transformación completa, un dolor que entumece, porque son intensas y cortas las aflicciones, es la piel estirándose, apretándose en los muslos, mil veces pequeñitos suplicios, los dedos de los pies enjutándose, los párpados serán como los tuyos y mi garganta contendrá tus palabras y el tono de tu voz... Las guitarras del bar que a tantos metros de aquí oigo, anuncian el final de una canción. Bebo agua y los labios los noto adoloridos, mis manos tiemblan. Los apenas audibles aplausos allá afuera me sacan del trance.

Lo que te digo es una locura, lo sé, pero soñé con una mujer que me advirtió de este cambio.

No me atrevo a mirar mi reflejo, una mano roza mi pecho y siento cómo los pezones se me erizan. Hay un hormigueo que sucede muy por encima, casi fuera de mí, pero hay otros más internos, cerca del bajo vientre.

La calle, excepto por el bar, está en calma. Adivino las ambulancias que en la distancia se van a oír en cualquier momento, adivinar esos eventos es fácil como saber que ese cuerpo que ahora llevo ya no es únicamente mío.

Debo descansar. Esta carta la he escrito delirando que soy tú, pero también cabe la posibilidad de que me esté transformando en alguien más. No lo puedo creer, pero parece que es cierto.

Por segunda ocasión me desperté. No tenía sueño. Miré por la ventana y la música del bar que hay cerca de aquí me recuerda que vivo en Juárez y tú me vigilas desde una ciudad que no conozco. Esta es la segunda vez que me transformo en mujer, en ti.

Es tan sólo un delirio, mañana cuando amanezca volveré a ser el mismo. El mismo Fabio de piel morena, de ojos caídos y bigote ralo que rasuro cada tercer día. Quizá cuando esté contigo, cuando te vaya a visitar, este conjuro se acabe.

F.

Recorro los estantes de libros.

Tomo una novela policiaca y leo la contraportada: «En El ángel negro, el detective Charlie "Bird" Parker –protagonista ya de cinco novelas de...», lo coloco en su sitio, avanzo un poco más y leo la contraportada de otro: «[...] Es el comienzo de un nuevo y trepidante caso al que se enfrentarán juntos Kurt Wallander y su hija Linda, quien, en el curso de la investigación...» todos los libros tratan de cantidad: cinco, once novelas, continuaciones de historias pasadas, el detective se va afinando con el tiempo, crece al mismo paso que crece su creador.

¿Qué pasaría si Fabio no hubiera matado a su detective en el cuento que me leyó? ¿Se hubiera hartado de vivir en Juárez? ¿A dónde se hubiera ido? Pongo el volumen en su lugar y avanzo. No imagino lo que se necesita para llegar a ser un buen investigador privado. Por ejemplo, veo a una mujer en el área de revistas, trato de comprender en qué trabaja y qué hace a las doce del día caminando dentro de un Sanborn's, lleva una falda de algodón blanca; su muslo izquierdo está cruzado por una, muy tenue, casi imperceptible, cicatriz, más que volverla fea, la hace atractiva; permite contemplar la generosa pierna, aparte, ciertas cicatrices dan carácter y son el prefacio para muchas historias; lleva una blusa de manga corta; alcanzo a ver que el sujetador blanco es de encaje, el cabello largo le cae sobre el rostro, ocultándolo, lleva anillos grandes y plateados en cada mano. No creo que vaya a comprar nada. Con un dedo señala el tomo que sujetará, leerá el índice y lo regresará. Yo hago exactamente lo mismo. Acaso también trabaje en una oficina de ingeniería, donde le permiten salir a comer por media hora. Mientras hojea las publicaciones, mira con atención a un hombre listo para pagar; ella lo barre con la vista. El hombre se impacienta porque no hay quien le cobre y decide moverse al área de perfumería; sonrío, en ese mismo momento ella camina despacio tras él…

Hola. Una voz a mis espaldas y femenina me conmociona.

Volteo más por inercia que por curiosidad; es Yolanda.

¿A quién ves?, me pregunta con una sonrisa grande, conteniéndose la carcajada.

A nadie, juego al investigador privado. ¿Qué andas haciendo por aquí? Yolanda lleva un suéter delgado; puede que sea la única muchacha que usa suéter durante el verano de Juárez.

Tomé el medio día libre y le vine a comprar unas pastillas a mi madre. Me enseña la pequeña bolsa de plástico grapada. Qué extraño que me haya encontrado contigo, me dice después de abrazarnos y besarnos muy cerca de la boca; siempre es así, tratamos de conservar las apariencias, sobre todo cuando alguno de los dos está saliendo con alguien, ella sabe que no estoy comprometido en estos momentos así que deduzco que ella sí, pero no lo pregunto. La invito a tomar una cerveza.

Ella sólo toma cerveza. «Es que si bebo algo diferente se me sube muy rápido», me dijo en alguna ocasión. «No has entendido que es la cantidad de alcohol lo que te hace daño», le reclamé. Una sola vez bebió whisky conmigo y cuando salimos del bar, el aire, al rozar su rostro, la mareó de inmediato y le hizo devolver el estómago. Era increíble, en un minuto estaba bien y en otro aparentaba ser una vil borracha naufragando en su subconsciente. Aquella ocasión, su vestido se manchó horriblemente. La subí con cuidado al auto y en cuanto tocó el asiento pareció desmayarse. Se removía en él mientras yo pensaba en las copas que habíamos bebido. No sabía a donde llevarla y el poco dinero que traíamos no alcanzaba para rentar una habitación en algún motel. Así que terminó desnuda bajo un chorro de agua fría en la regadera de una gasolinería, sobándose los ojos, mientras yo cuidaba la puerta porque no cerraba. Y ahí, un poco menos borracho, me di cuenta de la situación tan peligrosa en la que estábamos; traté de despejar mi cabeza. Esporádicamente miraba hacia afuera donde algunos de los dependientes iban y venían entre los autos mientras otros se mantenían recargados sobre las bombas de gasolina. Bajo el agua fría, la piel y los músculos se le habían tensado, yo miraba su rostro que recibía lo frío para bajar por sus pezones pequeños y erguidos hasta escurrirse por la entrepierna. La había visto desnuda antes, por supuesto, pero nunca tan desprotegida, si alguno de los trabajadores la hubiera encontrado, seguro no estaría recordando así la historia, ella miraba la regadera, perdida en su mundo de ebria y yo, nervioso y excitado a la vez, trataba de aparentar a un hombre sin preocupaciones en el marco de la puerta, ¿Estás bien?, me preguntó en algún momento arrastrando las palabras, yo le sonreí, claro que estaba bien y aún hasta el día de hoy creo que una mujer desnuda y borracha, a unos cuantos pasos de seis hombres dependientes de una gasolinería, no está en posición de hacer ese tipo de preguntas. Me quité la camiseta y se la ofrecí. Le llegaba hasta las rodillas, pero, por el agua que escurría, la prenda comenzó a transparentarse, debemos correr hasta el auto, le dije y lo hicimos, la abrazaba tratando de protegerla de la luminosidad del sitio. Nunca más le insistí que bebiera otra cosa que no fuera cerveza.

Nos sentamos en una de las esquinas del bar de Sanborn's donde la luz es baja y agradable. Yolanda no sabe ocultar las preocupaciones o las noticias importantes y mientras platicamos de su familia y la novia de su hermano, un muchacho que pensaba dejar la escuela para casarse *por amor*, al menos eso me comenta Yolanda, ella cruza y descruza los brazos y acaricia la mesa impacientemente.

¿Tú crees, que verdaderamente se case porque la ama? La chava no está embarazada; es por simple *amor* y dice que mientras se ame, todo se vale.

¿Y no lo crees así?, le pregunto. Los padres de Yolanda son maestros de la universidad, tienen más de treinta años de casados, la mamá había quedado embarazada de Yolanda cuando apenas rondaba los diecinueve, una mujer hermosa e inteligente que hizo estancias de investigación en la sierra Tarahumara por la década de los sesenta donde, por una disputa de robo entre indígenas, conoció a su futuro marido. Después regresaron a Juárez y aquí mismo se casaron.

Mi hermano conoce muy bien la historia de mis padres, pero no la entiende, me dice mi amiga. Ellos estudiaban y parece que él lo va a dejar todo por esa muchacha.

Yolanda se veía un poco frustrada y confundida. Pero esa historia yo ya la conocía. Si los padres son humanistas o intelectuales, los hijos tienen más posibilidades de ser rebeldes, falta una palabra para que odien todo lo que los padres aman. La rebeldía ante todo. Esa careta que oculta las cosas serias y que funciona como una bomba en muchos casos. Su hermano tenía tres años menos que ella, pero el joven estaba completamente mimado, yo lo conocía y la primera vez que nos presentaron, me dejó la mano extendida más del tiempo necesario diciéndome, con esa actitud, esta es mi casa y en mi casa yo saludo a quien me plazca y cuando lo necesite. Luego de varios segundos me tendió su delgado brazo y se marchó, desfilando por el pasillo del recibidor su cuerpo chaparro hasta desaparecer en las escaleras. Era increíble que dos personas tan distintas provinieran de los mismos padres. Quizá en otro contexto, Yolanda y yo pudiéramos ser juzgados de insoportables, pero lo dudo. Eso sucedió cuando el joven tenía dieciocho y lo excusaba de ciertas actitudes con su hermana, como dejarla encerrada en la casa al saber que ella tenía que llegar temprano a la escuela o tomar el automóvil sin que ella se diera cuenta; yo no entendía cómo los padres podían tolerar algo así. Ahora, dos años después, el muchacho quiere dejar la escuela.

¿Y tus padres qué dicen?, le pregunto un poco harto de la plática.

Que lo piense, le proponen, que si él quiere, la muchacha se puede ir a vivir a la casa. Afortunadamente vivo sola, pero si yo me fuera de la casa a vivir con mi novio, sería otra cantaleta, puedes estar seguro, así que ni me meto en esa historia más de lo que me pueda afectar, a fin de cuentas es mi hermano.

Y así era, «es mi hermano» es lo que uno repite cuando se tienen. Se hace una pausa entre los dos. En la otra esquina del bar, hay una pareja que se besa o se hablan al oído.

Nada podía salir o estar mal. Permanecer a un lado de Yolanda me calmaba, era relajante la atmósfera en la que nos encontrábamos. La música del bar, una interpretación instrumental de «Norwegian Woods» de los Beatles, apenas si se escuchaba. Este disco ya lo había oído antes y en cuanto terminara la canción comenzaría «And I love her», eran versiones bastante cursis pero ayudaban al ambiente en el que nos encontrábamos.

Me voy a ir de Juárez, me dice de repente. Sus ojos son serios y están muy abiertos; esperan mi reacción. Se acomoda un mechón de cabello tras la oreja. Eso hace siempre que se siente nerviosa, se acomoda el cabello detrás de la oreja, aun y cuando no haya cabello qué acomodar, su mano sube hasta la frente y hace el gesto.

¿Adónde te vas?, le pregunto frunciendo un poco el ceño, sin entender muy bien lo que me está diciendo.

A la playa, a Mazatlán.

«La muchacha que había estudiado la carrera de leyes, ahora se va», pienso.

Todos se van..., digo, y me quedo callado.

¿Cómo dijiste? ¿No te da gusto?

Claro que sí... pero cómo se te ocurrió, ¿cuándo lo decidiste?

Lo decidí la misma tarde que platicamos, cuando soñé que llegabas a la casa y te despedías.

¿Y lo nuestro?, le digo por decir algo.

No existe ningún «lo nuestro», me contesta. Hemos venido e ido como nos place y no quiero pensar que seguiremos así por el resto de nuestras vidas. Te imaginas a los cuarenta, ¿qué nos diremos? ¿Te has puesto a pensar en eso? O cuando tengamos sesenta, ¿nos seguiremos besando disimuladamente para que nuestros esposos o amantes no nos descubran? No lo creo. Hacía más de tres semanas que no nos veíamos, y te juro que me estaba sintiendo bien, pero cuando soñé contigo, me di cuenta de que te necesitaba y eso ya no me gusta, que tal si un día mi sueño se hace realidad y tú me abandonas primero.

Pero yo no me voy a ir, la atajo, estoy mintiéndole porque la noticia me ha conmocionado. Le sujeto la mano, nunca pensé que fuera a suceder de esta manera; yo, planeando mi partida triunfal de Juárez y ahora es Yolanda la que se va.

Vente conmigo, me dice, anda, renuncia, toma tus cosas y vente a vivir conmigo a Mazatlán.

¿Y tus padres no saben nada?

Están muy preocupados por mi hermano y no pienso sorprenderlos más. Me iré como si fuera de vacaciones y algo se me ocurrirá. En seguida saca el boleto de avión. Mira, aparte de comprar las pastillas, fui por mi boleto; lo coloca sobre la mesa. Es la misma llave que necesito. Miro el blancor del boleto y luego la miro a ella. Su boca brillante y las venas de sus manos. Su palabra como una punta me ha penetrado. Mi armadura es más débil de lo que pensaba. Trato de defenderme.

¿En dónde vas a trabajar?

Una amiga trabaja en un restaurante de la zona dorada, viviré y trabajaré con ella unos meses a ver qué sucede. Hace una pausa y me insiste: vente conmigo. Esas ojeras que tienes no me gustan, anda, ven conmigo, puedes trabajar de lo que sea, si quieres no trabajas por uno o dos meses, yo puedo arreglar algo, y si nos cansamos, nos vamos a Acapulco o a Zihuatanejo.

Zihuatanejo, repito, pero, si ya eres abogada, por qué tendrías que cambiar todo eso, se me hace absurdo.

Por el sol de Juárez, por sus calles, por Estados Unidos, por este bar y por… por ti, pero sólo si te quedas; nos conocemos bien, nos queremos y nos extrañamos, no sería difícil para ti seguirme. A un lado de su ojo izquierdo tiene un lunar, es como una isla de recuerdos, ese minúsculo punto contiene demasiadas cosas y siento que ya la extraño.

Zihuatanejo es sólo uno de mis posibles destinos, me indica. La imagino de mesera, con esos ojos grandes, sonriendo y los gringos diciéndole en un español carcomido «gracias, hermosa» o «¿a qué horas sales?».

Martín, si el día de hoy me encontré contigo aquí, es una señal, no quisiera que la desperdiciáramos, y, entiéndeme una cosa, no te lo estoy pidiendo por mí, para que vayas y me cuides y me recuerdes lo que he dejado en esta ciudad, no es por eso; te lo pido por ti mismo, ¿no te has visto en el espejo últimamente? Estás más flaco y pareces más cansado. Su voz era un cabo que me lanzaba para que yo me sujetara, para que no la perdiera.

Pero si no funciona lo de la playa, ¿a dónde irás?

Tengo una amiga en Puebla.

¿Y si decides que Puebla no es para ti?

Tengo amigos que me pueden ayudar en Querétaro.

Has decidido convertirte en un vagabundo. Al fin le digo y le aprieto cariñosamente la mano.

Lo tengo todo planeado y sólo me moveré de Mazatlán si no funciona. Me estoy ahogando en esta ciudad, y lo extraño es que tú fuiste el que me dio la idea.

Fue tu propio sueño, la corrijo, su mano tiembla bajo la mía, puedo ver su mandíbula tiritar ligeramente, está realmente emocionada.

Miro a uno de los lados del bar, pienso en Fabio y sus teorías estúpidas, pienso en Perla y San Antonio; si mis dos amigas se van, sólo quedará mi amigo el escritor. Se me hace tan difícil acercarme a una mujer, siento un vértigo. Después de Eme, Yolanda había sido mi único apoyo emocional. En ella me había refugiado. Su sexo no me era desconocido y a ella había corrido cuando María se marchó. La había llamado sin importarme dónde o con quién estaba, y me había recibido sin preguntas innecesarias. Ella tenía razón, nos estábamos haciendo viejos tan cerca uno del otro y tan lejos.

¿Pensabas decírmelo alguna vez? ¿Cuándo te marchas?, le pregunto.

Te iba llamar hoy mismo, por supuesto que te iba a decir. Es increíble cómo nos hemos encontrado, te digo que es una señal, y para contestar a tu otra pregunta, me voy en tres semanas, me sonríe, este es el itinerario, apúntalo, seremos felices, te lo aseguro.

Te vas a convertir en un vagabundo, irás de un lado a otro, desprotegida y desnutrida, le repito, no quiero que suene a una condena, me siento solo y celoso y es inevitable.

Ya te dije que eso está arreglado, no me moveré del puerto si todo funciona como lo he planeado y, aparte, estoy joven, si nada marcha bien, me regreso a mi casa, a Juárez que siempre estará aquí. Sé como te puede sonar todo esto, pero créeme cuando te digo que tú estabas en mis planes. Tuve que comprar el boleto así, porque entonces no me atrevería, pero ya teniéndolo en mi poder, es como si fuera un aventón.

Lo pensaría, pero al puerto de Mazatlán no lo había contemplado en mis planes para mi nuevo inicio. Bajo los hombros, derrotado; no quiero desilusionarla. Suspiro y apunto el número del vuelo y la salida. Faltan tres semanas. Ahora Yolanda es quien me aprieta suavemente la mano; aún parece agitada. Se vuelve a acomodar un mechón de cabello inexistente, parece una niña convenciendo a su padre para que la deje pasar una noche con sus amigas.

Dicen que en Mazatlán hay vampiros, bromeo sin querer bromear.

¿Te acuerdas cuando fuimos por primera vez al cine? ¿Que no te quería dar un beso y me sujetaste la mano para que te masturbara?, me pregunta haciendo caso omiso a mi comentario.

Lo del cine lo leí en un libro, le digo sonriendo.

A mí me encantó. ¿No quieres ir al cine conmigo? O podemos ir a mi apartamento.

Tengo que verme con Fabio, ¿te acuerdas de él? Necesito entregarle unos papeles.

Te la pierdes, me dice poniendo cara de triste, actuando, también ella bromea sin quererlo hacer. Ella cree que es mejor estar juntos el día de ahora, invertirme un poco más de tiempo para convencerme del viaje. Me he de ver muy reticente, pero no puedo controlarme.

Nos damos un beso de despedida, rápido, discretamente. Y se marcha. En la puerta se detiene un segundo y regresa de prisa a darme un fuerte beso en los labios, un beso con esperanzas. La veo, la huelo, toco su piel y sus manos; aun y cuando lleva puesto un suéter, siempre está fresca.

Mañana te hablo y hasta me puedo quedar en tu casa, le susurro al oído con toda sinceridad. Deseo estar con ella. Cobijarme en la limpieza de sus sábanas, en su cama tamaño matrimonial, en su habitación que da a un pequeño patio donde una frondosa lila protege de la innecesaria luz y del calor. Yo le ayudé a plantarla hace tres años y ahora el tronco, que había comenzado del grosor de una rama, tenía alrededor de diez o quince centímetros de diámetro y cargaba una exuberante y fresca sombra.

Cuando regreso al apartamento me quedo mirando las paredes de la sala por un largo rato; veo las sombras cambiar de posición, al oír los grillos me percato de que he estado así alrededor de tres horas, sin moverme, quizá hasta haya dormido. Siento las piernas entumecidas y me duele la espalda. Esta es la última vez que miro las paredes de mi casa con tanto detenimiento, las melladuras que le han dejado los muebles y las delgadas marcas de las manos que han pasado por ahí.

Aguzo el olfato, un olor a madera y hierba quemada que proviene del otro extremo del campo de algodón envuelve el ambiente, lo enrarece; siempre he tenido la curiosidad de saber de dónde viene ese aroma que de vez en cuando aparece. El relincho de un caballo quiebra el aire oscuro. Afortunadamente ahí afuera, en las mediaciones del día y de mi casa, existe el grillo que llena el hueco y enciende la noche, que alimenta la vena del árbol, la hoja polvorienta, la ciudad sin dueño y los jardines de rosas, ahí está, en el patio de mi casa, en la ceniza del jardín que deja el sol del verano cuando llega hasta los rincones, en los parques mutilados sin los niños y sus juguetes, al pie de los troncos gigantes, viejos y sedientos. Esta es una isla sin gaviotas ni leones marinos ni turistas. Un mar castrado. Pienso en Mazatlán y en San Antonio. Miro el teléfono.

Mariana:

Es como golpear el suelo y volverse un montón de piedras.

No sé como empezar este correo. Hoy es el segundo día que falto al trabajo. Hay tantas cosas que debo contarte que todas se me abotagan aquí en las puntas de los dedos y ninguna quiere salir. El punto y seguido que acabo de poner me llevó unos minutos, me tiemblan las manos de ansias, pero sé que debo escribirte lo que sigue. Espero que no te canse, ni pienses que mi locura se incrementó desde la última vez que platicamos, aunque esta sea la mejor teoría que tengo de mí mismo.

Ayer salí a caminar toda la mañana. Llegué a un pequeño café sobre la Pedro Rosales de León, esa casa de ventanales enormes que acondicionaron para ver a la ciudad desperezarse desde su tranquilo porche. Había mantas de colores colgados en las esquinas, mantas que parecían vestidos rojos y naranjas. La señora que me atendió era la dueña. Pedí el que sería mi segundo café. Este es de Veracruz, me dijo, es muy aromático. Pagué y dejé una propina generosa. Me pregunté cómo sobreviviría la señora si siempre, al menos desde el auto, el lugar parecía estar vacío. Me sentí un poco mal por haberme tomado sólo dos cafés. Mariana, debo decirte que la mujer se te parecía de perfil; era tu misma nariz y la luz que entraba por los ventanales, una luz inclinada que se filtra para que sólo llegue lo más puro, le aclaraba el cabello. Salí decidido en regresar diario para que siguiera abierta la fonda y tuviera clientes. Atravesé el parque hasta llegar a la casa. Estaba tan impaciente como lo estoy ahora que te escribo. Quería adelantar todo: ir a la agencia de viaje, pagar, recoger los boletos y tomar el avión para estar contigo, sentir tu mirada a través de las ventanillas del avión. Eso quería. Te veo en todos lados. Te reflejas en las fotografías de mis familiares, avanzas por la calle como si fueras un tipo de espectro, pero no, porque es gente real que se te parece.

Esta mañana me despertó de sobresalto un olor a tequila. Estaba recargado en la cabecera de la cama, había dormido con la cabeza entre las rodillas, la espalda me dolía. Pensé en la noche anterior sin recordar nada. Los departamentos vacíos ahí enfrente, con sus goznes envejeciendo, resecándose la madera de las puertas, hospedando el polvo, me contemplaban en silencio. Le di de comer a Iris y me preparé un café. Con el primer sorbo, algo difuso, como si fueran gotas de tinta en un vaso de agua, como si fuera un tipo de humo líquido que apenas se puede asir, me llegó a la cabeza: detrás de mí había alguien; lo sentía muy cerca, sostuve la respiración y un escalofrío me recorrió el pecho, quise encararlo, pero sabía que eso sería imposible: esa presencia, eso que respiraba al mismo tiempo que yo lo hacía, estaba detrás de mis ojos, era una sensación amortiguada y la sentía en los intestinos, en la garganta, en la entrepierna. Deposité mi taza humeante sobre la barra de la cocina, hice una pausa y volví a beber. Con el segundo sorbo recordé lo sucedido durante la noche.

Estoy leyendo un libro sobre una chica desquiciada que a los dieciséis años vuela una oficina de correos en un pequeño pueblo de Estados Unidos. El autor describe a la muchacha como una loca y atormentada niña. Mimada hasta el hartazgo por un padre rico, bien parecido y siempre correcto, pero sin voluntad propia a merced de la esposa. La chica, al saber que había fallecido una persona a causa de aquel explosivo, huye de su casa y durante cinco años recorre el país ocultándose de las autoridades hasta regresar a su ciudad y establecerse en un edificio abandonado, durmiendo entre sus propias heces, como un tipo de mancha de lo que alguna vez fue, viviendo a unos cuantos minutos de su casa. Anoche, justo cuando el autor explicaba y describía la locura de la mujer, sentí un golpe intenso de calor, traté de levantarme sin lograrlo. Esto lo había sentido antes y me causaba una gran confusión volver a experimentarlo. Mi estómago se contrajo, se aplanó y estrechó de los costados, ligeramente me dolieron las entrañas, era un tipo de estrujamiento amortiguado; los huesos de brazos y piernas se adelgazaron, creí que me estaba muriendo, sudaba exageradamente. Supuse que la nariz me sangraba y la toqué con ambas manos, ya era más pequeña, más afilada. Comencé a sufrir espasmos y hormigueo en el pecho que ya no era plano, dos grandes senos me sorprendieron coronados por areolas rosas y pezones erguidos, senos perfectos de una mujer de treinta años, como tú, unos pechos apretados por la piel que se estiraba y dolía. Mis piernas ya no tenían vello, como si nunca hubiera existido, y, por Dios, lo que me llevará toda la vida describírtelo con detalles y sensaciones... dejo de teclear para encontrar las palabras precisas... es como si padeciera mi primera droga o borrachera, es verlo todo lejos o con euforia, como si todo fuera, en realidad, guiado por el alcohol o la marihuana. Atestigüé cómo el pene se me empequeñecía, cómo se iba desapareciendo dentro, contrayéndose junto con mis testículos. Entonces ahí abajo, donde debía estar mi sexo, se encontraba un orificio húmedo y sedoso. Mis dedos, al percibir esa carencia, se retiraron con rapidez, mi respiración era incontrolable. Me llevé las manos, que ya no eran mías, a los ojos: vi a mi prima desnuda por equivocación; cuando descubrí, espiando por la ventana, a mi vecino mordiendo uno de los senos a la esposa, recordé la revista pornográfica que escondía bajo el colchón a los trece. Evoqué la semana que descubrí que el picor en la entrepierna eran los vellos que ya nacían. Todo sucedía al mismo tiempo, eran demasiadas las sensaciones y los juicios que no pude más. Me desmayé. No supe nada de mí.

Volví a sorber mi café nerviosamente, queriendo aceptar lo sucedido; un jet pasó muy cerca, Iris ladró; el avión viajaba de este a oeste partiendo el cielo en dos, haciendo una línea de humo para conectarla con la línea del borde, como si fuera una pared enorme. Recordaba sólo manchones de la noche anterior, como si los pensamientos fueran suspiros en un día de aironzazos.

Esa mañana me desperté y mis pantalones no estaban donde los había dejado, el olor a tequila cubría la recámara. Paladeé mi garganta, pero el café ya había borrado cualquier rastro de otros sabores. Por eso mismo no fui a la escuela a trabajar. Por eso caminé hasta el parque y conocí la cafetería, esa que parece un capricho de la dueña más que una entrada extra de dinero.

Ahora nada de eso importa, el café aromático de Veracruz despejó cualquier duda. Yo era tú. Suspiro y no sé qué más decirte y no hay otra manera de escribirlo. De nuevo dejo el teclado de la computadora descansar unos minutos y lo recorro con la palma de la mano. Todas las palabras posibles con las veintiséis letras y todas en la punta de mis dedos y ninguna puede describir los sucesos y los efectos; acaricio los números y las flechas y decido lo siguiente: Tomaré un avión antes del día prometido. Dejaré mis clases a uno de mis amigos. Y cuando esté contigo, libre de todas estas sensaciones que me han empujado hasta ti y si todo resulta como creo que resultará, hablaré con mi amigo Martín, le diré que Juárez no permite que florezcan las rosas amarillas, las continuidades; que se vaya lejos, que se despida y vea mejores tardes, como las que me esperan.

Así será, y mientras los aviones de guerra hacen su cortina de humo en el aire y parten el cielo en dos con su cuchillo de ruido y ala y en mi interior la inmensidad de espejos te dibuja y tomo tu forma (porque soy el vaso que te contiene), quizá con estos signos, quizá te toque.

F.

Afortunadamente es un día nublado. Busqué a Fabio para pedirle que me acompañara al funeral, pero no lo encontré en su casa y el celular me indica que el número está fuera del área de servicio.

Es sábado. El ataúd negro y reluciente está por bajar a la fosa y entre los familiares y amigos que se despiden serenamente y los que esperan a que la esposa deje caer el puño de tierra, hay dos o tres mujeres que sollozan y gimen con fuerza. Supongo que son las hermanas del difunto y con sus manos se tapan el rostro o se limpian la nariz y las lágrimas. Eduardo, mi amigo de infancia, un hombre robusto y cabello corto, lleva una pesada gabardina negra. Ha de estar asándose bajo la gruesa tela, pero en su rostro, más que calor, se dibuja una rabia controlada, una calma forzada, no sé en qué esté pensando pero creo que, al igual que yo, éste es el lugar que menos quisiera pisar en estos momentos. Retroceder el tiempo es una falacia, así que debe de desear adelantarlo algunos meses, cuando la carga de los recuerdos sea más ligera, cuando los deseos de platicar con el muerto, de contarle todo lo que nunca le contó en su vida, disminuyan.

Eduardo, El gordo, como le decíamos, es un amigo que no frecuento demasiado, pero es bueno verlo. Casi siempre nos topamos en algún lugar, en el súper o en la fila del cine o a la entrada de los antros. Cuando nos vemos en la cantina nos tomamos unos tequilas juntos; nos damos la mano afectuosamente y de un abrazo fuerte nos despedimos; como casi no tenemos afinidades en común, las charlas menguan de inmediato.

Hace una semana me lo encontré en un restaurante de carnes en el centro, es un restaurante pequeño con toda la parafernalia de la fiesta taurina. Me levanté y fui a saludarlo. Su recibimiento fue un poco desganado y le pregunté que qué le pasaba, que si todo estaba bien.

Me da un gustazo verte, pero estos meses han sido terribles, mi padre fue desahuciado y pues ya estamos esperando lo último, no quiero que te sientas incómodo pero ya ves, te veo y lo único que te puedo decir es que no estoy bien.

Eduardo mostraba unas profundas ojeras, parecía que quería explotar, tan sólo me vio y comenzó a platicarme lo sucedido. Sus palabras eran una forma de borbotón de sentimientos y gemidos contenidos. Él era quien cuidaba a su padre por las noches, mientras su mamá trataba de salir del shock terrible por la enfermedad repentina que aquejaba al esposo. Al moribundo le habían detectado cáncer en los pulmones y en cualquier momento se le iban a llenar de agua. Todo había comenzado con una tos incansable; fue al doctor y la mala noticia no tardó en llegar al examinar los estudios. Parece que así es siempre, me dijo Eduardo, se veía bien, tenía una tos que nada más parecía incómoda y así, de buenas a primeras, te enteras de que es un síntoma de algo peor, la tos era como un tapón del lavabo, que tras desprenderlo, todo se vuelve un caos. Nada más le dieron los temibles resultados y el problema se agravó, llegó la debilidad, la falta de apetito y la irremediable y perpetua cama. Mi amigo hizo a un lado su plato apenas empezado, era una pequeña chuleta que más que apetitosa se veía parda, desabrida y triste. Eduardo había salido un momento de la casa y, para despejarse la cabeza, entró al restaurante, pero por lo visto, no había dado resultado; su esposa y su madre lo estaban esperando.

Nos despedimos, le dije que lo sentía mucho, que me pidiera lo que necesitara, le di una palmada en la espalda y me retiré a mi lugar, comí más lentamente, buscando mi apetito en el sabor de la carne asada. Minutos después Eduardo se levantó, el amigo de las bromas simples, el que me pedía que le recomendara novelas eróticas cada vez que nos veíamos, de lejos se despidió y salió del restaurante.

Anteayer por la tarde recibí su llamada, en la televisión pasaban un programa de cómicos.

Ya sucedió, me dijo contendiendo los gemidos, entrecortando las palabras, me encontraba en el baño cuando ocurrió. Al menos estaba mi mamá junto a él y la misa se va a llevar a cabo en el Sagrado Corazón. Se escuchaba derrotado, casi podía apreciar sus ojeras por el teléfono. Cruzamos algunas palabras y colgamos.

«Ya sucedió», me dijo. Estaba seguro de que no me presentaría a la misa, el aroma de las maderas y el humo de los cirios, más que calmarme, me producen angustia. Entre otras cosas, el sacerdote encargado del sepelio, les diría a todos que «nuestro hermano Salvador era un buen hombre, y que en este momento debíamos recordar más sus buenas acciones, y todo lo malo dejarlo atrás, vivir en paz», entonces rezarían y le darían las condolencias a la viuda y su hijo. Apagué el televisor y lo volví a encender. No sabía cómo reaccionar, nunca había estado en un sepelio.

El entierro ocurre como me imagino que deben de ocurrir todos los entierros. Entre sollozos y tristezas pesadas. Me voy distanciando de la gente, de Eduardo que se ve incómodo dentro de esa gabardina; presiento que aquello es un tipo de castigo que mi amigo se ha impuesto. Una penitencia por la que debe pasar todo hombre que viva la muerte de su padre. Sin embargo, se mantiene firme y serio ante la caja que contiene los restos, apenas escucha las palabras estudiadas del sacerdote, esas palabras diseñadas para tranquilizar. Desde donde me encuentro no me llegan más que murmullos; el luto de la gente me pone incómodo; cada vez que lo considero pertinente, doy un paso hacia atrás hasta encontrarme lejos de la muchedumbre. Es demasiada la gente, aunque no estoy seguro de eso. Cuando muera, ¿cuántas personas asistirán a mi entierro?

Camino un poco más hasta que dejo de oír los lamentos y los murmullos de los dolidos, mi oído capta una música apenas audible, aguzo el oído y encuentro la procedencia: por curiosidad avanzo y la música se vuelve más audible, es una tarjeta musical abierta sobre una lápida bastante grande. «Feliz cumpleaños», dice en grandes letras el membrete. La melodía suena una y otra vez, se repite sin cansancio. Leo los apellidos que aparecen en la inscripción de la lápida: Arnal, Lugo, Miranda, García, Márquez... y de súbito detengo la lectura: Márquez, Luisa. Vaya, digo en voz alta, lo que son las coincidencias. Me vuelvo a encontrar con Luisa Márquez.

Luisa era una joven de ojos verdes y de baja estatura que me asedió, digámoslo de esa manera, en la preparatoria. Me mandaba cantidad de saludos con sus amigas, me escribía notas inocentes e indiscretas de amor y, cada vez que podía, me esperaba a un lado de la puerta de mi salón de clases cuando llegaba el receso o la hora de la salida. Al parecer estaba muy enamorada de mí. Formó parte del grupo folklórico escolar desde el primer semestre. Yo cursaba el segundo año cuando ella se incorporó.

El grupo de danza tenía muy buena reputación y era uno de los más destacados en todo el estado y sus actuaciones comenzaban a ser admiradas en el país. Varios conocidos, aparte de mi supuesta enamorada, eran miembros de la agrupación. Haber sido los mejores, fue su gran condena. La compañía ganaba premio tras premio por sus formidables actuaciones y era invitada a diferentes partes; no acababa de regresar de Zacatecas cuando ya era requerido en Puebla o Tlaxcala. Para el director de la preparatoria esto era muy halagador, pero, como siempre, por los pocos recursos destinados a la danza, no siempre podían asistir todos, así que él, con la ayuda del maestro de baile, decidía quiénes irían a esas giras. Así llegó la invitación a Guatemala. Luisa, antes de partir, me dijo que quería que yo fuera su pareja en la fiesta de sus quince años, será en junio, me aclaró, cuando regrese. Un poco avergonzado por la petición, le comenté que no había problema y que lo pensaría; me dio un beso en la mejilla y se despidió. Fue la última vez que la vi.

El viaje a Guatemala se hizo en el camión escolar y, pese a todos los malos comentarios y críticas, el director no dio prenda y junto con los muchachos iniciaron el largo viaje. El autobús no estaba en sus mejores condiciones y el chofer no era un conductor con experiencia. En la sierra de Guatemala, sucedió el fatal accidente. Los peritos lo atribuyen a la combinación de las deplorables condiciones mecánicas del autobús y a la inexperiencia del hombre tras el volante. De los treinta y tantos pasajeros, más de la mitad murió. Nunca le he deseado la muerte a nadie, pero creo que el director de la escuela tuvo la gran suerte de fallecer. Al menos yo no hubiera sabido cómo afrontar la muerte de tantos jóvenes. Junto con él perecieron su esposa y su hija aún de brazos, al menos eso es lo que recuerdo; si se suponía que era un viaje de trabajo, no me imagino qué hacían ellos con el grupo de danza. Y como en todas las historias: muchos lo odiamos y otros le lloraron.

Una de las sobrevivientes, Yadira, me comentó durante una hora libre, que antes de perder el conocimiento en el accidente, vio los cuerpos de sus compañeros caer y golpearse como muñecos unos contra otros antes de desaparecer en el abismo verde de la selva.

No tienes idea del terror que tuve al estar a esa altura y ver cómo la gente con la que has convivido se va desbarrancando y perdiendo de vista entre la espesa maleza, me reveló casi en murmullos, el camión se había partido en dos por el gran impacto. Toca aquí, me dijo y guió mi mano hasta su hombro donde una punta afilada sobresalía apenas cubierta por la piel. Es un clavo y va a estar aquí conmigo por *muuucho* tiempo. No agregué nada. ¿Qué podía decirle un muchacho de dieciséis años a una jovencita que había visto la muerte, una y otra vez? A mi lado estaba Ramiro, continuó, ¿te acuerdas de él?, me preguntó, pero no sabía a quién se refería. Él estaba boca arriba frente a mí y yo le hablaba, le decía que todo iba a estar bien y él, sobre uno de los asientos rotos con las piernas en una posición extraña, no me respondía porque… y no pudo seguir platicándome más. Los recuerdos la habían golpeado de nuevo, se levantó, se disculpó y salió del salón de clases.

A Luisa, la muchacha que no me convencía para novia, en ese momento la extrañé, pero ¿si hubiera sido mi pareja, me hubiera sentido peor? Me afligía el accidente en general. Compañeros recibían el pésame porque habían muerto sus novias, afortunadamente nadie me tendió la mano, ni me quiso dar un abrazo por la muerte de Luisa.

No asistí al entierro. Lo único de lo que me enteré, fue de que a la mayoría de los bailarines los habían sepultado juntos.

Frente a la tumba de los jóvenes, todo lo recuerdo con claridad. Luisa alguna vez me dijo que terminando la preparatoria se iría a vivir a Veracruz donde existía una compañía muy importante de danza.

Entonces me sucede algo, algo que lo atribuyo a la ridícula música conmovedora de cumpleaños que despide la tarjeta, pero más que la música es la intención de que alguien se haya tomado el tiempo de comprarla para los muchachos muertos, algo desconocido irradia de la lápida con los nombres de mis antiguos compañeros. La tarjeta es más para uno mismo que para los fallecidos, pero es reconfortante mentirse y pensar que son felices oyendo desde el más allá la música.

A Luisa la siento más viva o más muerta que nunca, que para el caso es lo mismo y, así de pronto, una lágrima me corre por el rostro, seguida por otra y, después, por otra más, lloro y no me puedo contener, las fuerzas se me van y para no caer arrodillado me sostengo de uno de los cantos de la lápida. Luisa, la muchacha de ojos verdes, nunca se fue de Juárez. Lo difícil es pensar que ahora descansa bajo mis pies pudriéndose en las entrañas de esta ciudad. Me pregunto quiénes aún recuerdan su rostro y voz un tanto infantil. Quiénes de la preparatoria me recuerdan a mí, al menos yo no he hablado o visto a nadie de aquellos años. Las lágrimas siguen cayendo. Yo sí me iré de Juárez, le digo a la piedra que tengo enfrente.

El entierro del padre de Eduardo ya terminó. Una hilera de gente vestida de negro avanza hacia los autos, dos o tres personas se rezagan, se palmean la espalda, se reconfortan unos a otros, se quieren quedar ahí por el resto de la tarde y esperan a que todos se vayan para llorar a sus anchas. A mi amigo ya no lo veo.

Mariana:

Cuando hablamos por teléfono, no parecías asombrada por lo que te describí en mi última carta; eso me pareció al principio, luego, como si fuera sólo para quedar bien conmigo, me dijiste que eso era increíble. Por supuesto que lo es y sé que es difícil de creer.

Pienso en lo que me ha sucedido estas noches y me tiemblan las manos y me dan escalofríos. Estos son mi brazos, estos mis pies y mi boca y cuando hablo oigo mi voz, la de siempre, pero en la oscuridad de la madrugada es distinto. Recuerdo el principio de los dolores, las formas que cambian, y después todo se me borra.

Te escribí que al finalizar la *transformación*, si le pudiéramos llamar así, me desmayé. Así lo creía, pero ahora, meditando lo sucedido, sospecho que es distinto, como si una parte de mí durmiera y alguien más gobernara mi cuerpo. Nunca estuviste en mi departamento y te puedo apostar lo que quieras que en las noches cuando me *transformo* en mujer algo más sucede. Lo sé porque hoy por la mañana después de haberle dado de comer a Iris, me volví a recostar y ahí, entre las sábanas, encontré la evidencia, había una polaroid donde aparecía una mujer. La contemplé. La admiré con horror por varios minutos y escudriñé el fondo. El reloj que aparece en una de la esquinas sobre un buró oscuro, me dice que la fotografía fue tomada a la una de la mañana, también distingo varios libros en una repisa a uno de los lados; con eso fue suficiente para comprobar que esa fotografía se tomó en mi recámara, la solté con miedo, sólo para cogerla una vez más ¿Qué hubieras hecho tú? Era yo mismo en la fotografía, era ella, la mujer del campo que dejé abandonada, éramos los dos dentro de un solo cuerpo. Con todo esto creo que nunca más sabré de ti, pero antes de que borres el correo, te pido que termines de leerlo y, si es posible, lo leas una vez más.

Cuando sucede, cuando inexplicablemente me *trasnformo* en ella, unos segundos antes de perder el conocimiento, nuevas sensaciones me invaden, apenas son unos instantes, pero es suficiente para que algo más íntimo suceda: reconozco una palpitación constante y apaciguada entre las piernas, un latido que se expande hasta los muslos, y entiendo esa palpitación, es una sumisión controlada, es permitir entrar para constreñirlo ahí adentro y nunca dejarlo escapar, es como llevar un traje de carne nuevo.

Sólo tú me puedes ayudar. La mujer que se apareció en mi sueño me dijo «ella te espera» y se refería a *ella,* a la mujer del baldío, pero también se refería a ti. Es lo único que me esperanza a dejar de vivir lo que vivo. Debo verte. Dame esa oportunidad. Mi obligación era callarme todo esto, haber dejado que los días se consumieran hasta que llegara mi viaje, pero no fue posible. Soy un tonto y siento mucho si he arruinado la posibilidad de estar contigo.

He adelantado mi partida y por eso te escribo. Si no me quieres volver a ver por supuesto que lo entiendo. Así que desesperadamente te digo que pienses antes de contestarme. Si no recibo ningún mensaje o llamada tuya, significa que todo ha terminado, que mi locura destrozó el inicio de algo. Cruzo los dedos y espero el primer timbrazo del teléfono.

Te imagino caminar a mi lado por las calles empedradas de tu fresca y tranquila ciudad. Ayer llovió, me dijiste y a pesar de que respiramos bajo el mismo cielo, aquí no ha caído lluvia en tres semanas.

F.

Es la primera vez en muchos años que me encuentro con Perla en otro sitio que no es su casa. Es extraño verla llegar a nuestra cita. Es lunes, me invitó a comer y por supuesto que acepté. Tal vez sea «el día». Su esposo está fuera de la ciudad así que aprovechó su salida y dejó a sus hijos con la abuela. Le pedí que nos viéramos en el estacionamiento de un centro comercial para no levantar sospechas. Subo a su auto; el potente aire acondicionado me refresca de inmediato. Ella lleva una falda corta de mezclilla.

¿Adónde vamos a comer?, me pregunta sonriendo, no se ve para nada nerviosa, al contrario está animada.

No lo he pensado, pero si me lo permites, podemos ir a comer al bar del restaurante chino que está sobre las Américas, le digo controlándome para no desviar mis ojos a sus piernas.

Por el camino vemos la carpa de un circo próximo a inaugurarse.

¿Te gusta el circo?, quiero saber.

Mira, aborrezco a los payasos, me provocan repulsión los contorsionistas y los trapecistas me ponen los nervios de punta. Huele muy bien, es un aroma fresco, la misma fragancia de cítricos de siempre. Me gustaría saber el nombre del perfume para decírselo, para asombrarla un poco. ¿A ti te gusta el circo?, me pregunta.

Nunca he entrado a uno. No simpatizo con los números donde se involucran a los animales, siempre estoy pensando en que los maltratan.

Me mira y sigue sonriendo. Pero si nunca has entrado a uno, ¿cómo sabes que no simpatizas con los números de los animales?

Los he visto por televisión, si tras ese vidrio impersonal los animales se ven sucios y cansados, no quiero ni imaginarme cómo será si uno los tiene enfrente, si uno los puede oler.

Pues deberías ir; si pudiera, yo te llevaría, me manifiesta y escucho con atención sus palabras.

Pero si tú misma me acabas de decir que no los soportas, ¿ahora piensas llevarme a uno?

Nomás que yo sí he entrado a uno, por mis hijos, por supuesto, pero la última vez tuvieron que ir con su abuela porque me negué rotundamente.

Está bien, si un día tengo hijos, iré, le anuncio en un tono resignado para dejar por la paz el tema.

Ella se ve hermosa, la franja superior que polariza el vidrio del automóvil le oscurece los ojos. Apenas reconozco a la muchacha que fue conmigo a la universidad, pero detrás de ese cabello ondulado y esponjado, detrás de sus perfumes caros y ropas de marca y los diamantes en sus aretes y la protección de su automóvil último modelo, se encuentra agazapada, haciéndome señas desde el fondo de ella misma, ensimismada en los verbos que pronuncia y en el retrato de la tarde que la cubre. Pienso en la gravedad de las supuestas estrías que se ocultan bajo esa blusa, qué tipo de marca puede ser tan terrible que violente su vientre plano. Hace mucho tiempo salí con una mujer, madre de tres niños, que no mostraba ninguna marca en el estómago, por supuesto que estaba orgullosa de ello. Se desvestía frente a mí y erguida avanzaba hasta la cama, la luz le caía sobre la piel y cuando llegaba hasta mis pies; nada estaba fuera de lugar. Por supuesto que ambas eran mujeres excepcionales, mujeres específicas que, afortunadamente, me había encontrado en mi camino.

Perla frena con brusquedad y, cada vez que puede, como si fuera un tic nervioso se cambia de carril; no maneja a alta velocidad, pero aun así pudiera llamarla una cafre de la carretera.

Entramos al bar del restaurante, es discreto y se encuentra casi vacío.

Después de pedir como aperitivo un whisky en las rocas, platicamos. Nos reímos un poco. Me insiste en que debo conocer el circo, hablamos sobre los compañeros de la universidad. Me dice que desafortunadamente la edad ya se le va notando, pero de ninguna manera lo percibo. Da un sorbo a su trago y me reitera que los años se le marcan en los ojos y los senos y las nalgas. Más celulitis, me murmura, ahí es donde se nota la edad, y vuelve a beber de su vaso. Trato de concentrarme para ver si logro imaginármela desnuda, de alguna manera es extraño tenerla frente a mí cuando usualmente sólo platicamos por teléfono; la imagen aún no la concibo, aún no comprendo cómo puede decir que la edad se le ha colado a su cuerpo tan fuerte. Nos quedamos unos minutos en silencio hasta que se me ocurre platicarle lo de Fabio.

Pues Fabio ya se fue de Juárez, le digo.

¿Cómo?

¿Te acuerdas de Fabio Jiménez García?, le pregunto sarcásticamente.

Claro que me acuerdo, lo que pasa es que me sorprende la noticia. Sus ojos están muy abiertos. Toma su vaso y oigo placenteramente el golpeteo de los hielos contra el vidrio, lo vuelve a colocar en la mesa sin haber bebido, como si el sonido fuera suficiente para calmarla. Pero ¿cómo fue eso?, me pregunta con cierto interés.

Pues así. Resulta que hace unos cuantos días le hablé a su casa y no levantó el teléfono. Le volví a llamar y nada. Por lo tanto esperé a que me contestara los mensajes. Lo hizo, pero ya no desde aquí. Todos se van, tú, él..., y me callo.

Regresa a su copa y suelta un suspiro. Lo voy a extrañar, me dice con la mirada perdida, como recordando algo. ¿Por qué no se despidió de mí? Y tú, ¿lo vas a extrañar?

Era con el que me iba de parranda. Cada vez que podíamos nos íbamos por ahí.

¿Por ahí?

Sí, *por ahí*, le contesto socarronamente, tratando de que se me noten todas las veces que nos pusimos ebrios con sus amigas.

Deberíamos ir a un tugurio donde bailan muchachas, nunca he ido a uno. Me dice cambiando el tema repentinamente, irguiéndose en su silla y levantando su trago. Me gustaría que nos bailara una muchacha a los dos al mismo tiempo, debe de ser divertido.

¿En verdad?, le pregunto. Este tipo de conversaciones las teníamos nada más por teléfono, me mojo los labios y asiento. Si quieres vamos, pero no respondo. Creo que la mujer más guapa del tugurio va a estar sentada a mi lado. Quiero tomarla de la mano pero aún no me atrevo y me siento ridículo, por eso pido otra ronda y considero con seriedad su petición.

Comemos con tranquilidad, volvemos a pedir una ronda más de tragos, la quinta o la sexta de la tarde, no consigo dibujarla desnuda en mi cabeza, pero a estas alturas no importa. Veo su rostro, sus dientes grandes y blancos. Cada vez que ríe mira al techo de una manera encantadora. Le acaricio las piernas, tan distintas a todas las piernas que he tocado en mi vida.

Mi amiga está por irse, igual que lo estuvo Fabio, Yolanda y Brenda, la muchacha que me pidió que la desflorara antes de casarse. Recuerdo que después de vernos nunca me llamó excepto la noche anterior a su boda. A nadie le rebelé que sí fui a su casa cuando me lo pidió: tomé el auto y llegué hasta su pequeño apartamento cerca del parque Borunda, pero no me bajé. Apagué el automóvil y un silencio exagerado en la calle que me dio mala espina, de inmediato lo encendí, no tenía nada que hacer ahí afuera, y me alejé, pensando que me arrepentiría, que si no me detenía y llamaba a su puerta me agobiaría, pero no fue así. Tal vez Perla nunca me llame cuando se marche a San Antonio. Pero ese puente lo cruzaré cuando llegue el tiempo.

Perla, la muchacha adinerada, la que quisiera besar mujeres, la que no se ha acostado con alguien distinto a su marido desde que se casó. La misma Perla que tenía por mejores amigos a dos compañeros de escuela y que un día, al preguntarle por qué no tenía amigas, contestó que nadie la podía dominar ni comprender, una respuesta muy superficial que indicaba que no quería que la molestáramos con esos comentarios. Nunca pudimos con ella, al menos nunca pude contraponerme a sus caprichos. Por ella sé fumar marihuana, por ella conozco el éxtasis, en una discoteca me pidió que abriera la boca y depositó una pastillita color rosa en mi lengua, esa noche mis manos las sentí sedosas y la nariz pequeña, había una necesidad desenfrenada de abrazar a la gente. Esa había sido mi primera experiencia con las drogas y se la debía a mi amiga. Alguna vez me platicó que se masturbó a un lado de su prima cuando las dos tenían diez años. La primita estaba de vacaciones en su casa y para llegar al orgasmo empleó un peluche. Le insistió que también ella lo utilizara, pero mi amiga prefirió usar su mano. Años después volvieron a toparse, en el rostro de su prima ya no encontró ninguna señal de confidencia, se saludaron fríamente, platicaron sobre el viaje y vieron la televisión junto con sus padres. Los días que siguieron no hubo indicios de nada, hablaron sobre amigos y películas y uno que otro libro. Aunque previo a la llegada, Perla se sintió nerviosa y estaba llena de extrañas expectativas, cuando vio la reacción tibia de su prima al darse la mano, supo que era mejor así, se relajó y permitió que los días fluyeran con naturalidad. Haberse visto y tocado desnudas había quedado muy atrás, quizá hasta nunca había sucedido.

Más que desearla, yo necesitaba a Perla, por eso nunca le había perdido la pista. Necesitaba oír su voz, sus historias. Su fuerza para hacer lo que quería me llenaba. Alguna vez quise escribirle un poema, pero al ver lo ridículo que me resultaba la experiencia, rompí las páginas con los primeros intentos. Entonces conocí a Yolanda y luego a Eme. La querida Eme, la muda y despiadada.

En algún momento, antes de pagar la cuenta me dijo muy seria: ¿Sabes qué palabras en inglés me gustan?

Estudié su rostro y el silencio fue mi respuesta.

Chewing gum, me dijo, y sus ojos brillaron.

¿Chicle?, le pregunté extrañado.

Bueno, sí, pero me gusta como suena en inglés: *chewing gum*, repitió y las palabras tan intrascendentes cruzaron el aire y llenaron el bar. No eran palabras bonitas, pero acaso el alcohol estaba haciendo lo suyo y, salidas de sus labios, cobraban un peso importante.

Del restaurante nos vamos a un tugurio llamado Poker. Después de varias cervezas escoge a la chica que nos va a bailar, ella es, me señala a una morena muy joven. Es la cuarta en subir a la pista y cuando llega la segunda canción, nos muestra unas prominentes nalgas.

En el privado, Perla sentada y recargada contra la pared deja que la muchacha la toque, deja que su vaho corra por su cuello y brazos acompasadamente; tiene la boca entreabierta, tomo sus manos y las guío hasta los senos de la bailarina. Posteriormente las dirijo a sus apretadas y lisas nalgas que casi rozan la cara de mi amiga, después sus dedos llegan hasta la entrepierna, se deja llevar, como si fuera una barca en mar abierto, por las olas de la música. Me mira, algo me dice entre dientes, pero no entiendo, recarga su rostro en la espalda baja de la chica, es su almohada, su jardín, su precipicio. En su confortable borrachera, en su mantenerse flotando sin miramientos, mordiendo los calores tras el cristal pañoso del alcohol, exhala y me pide que la bese. Estoy vencido. Yo, que siempre he vivido en un acantilado, extiendo las manos y me lanzo a poblar su cuerpo. Ahí, manipulando sus manos, por fin, como un relámpago, tengo una erección potente. Cierro las piernas y Perla, la muchacha que pese a todo lo que se dijo sobre su casorio con un hombre adinerado, la que al principio tuvo que aguantar los malos tratos de su suegra y las indiferencias de sus cuatro cuñados, se sienta sobre mí para ambos recibir a la *striper* y quedar protegida entre dos cuerpos calientes, sentirse resguardada de todo lo que la pueda herir, cada eco lúbrico que llegue a su cuello, carnes contra carnes, jadeos apenas perceptibles, asegurados los tres por la potente música que todo lo llena, cada hueco, cada pliegue, cada gota de sudor, cada raíz de cabello.

Perla es mi boleto de salida y yo soy su ancla. No hay duda de que nos estamos despidiendo, la noche está viva y las paredes escuchan nuestros adentros, nuestras sangres y resplandores, nuestros derramamientos.

Cuando la bailarina termina, Perla tiene la falda subida hasta la cintura y sus calzones translúcidos y húmedos permiten ver el color oscuro de su pubis, la muchacha recoge la tanga y le da un beso en la boca y me regala uno a mí en la mejilla y nos deja solos.

Tenemos que salir, tenemos que seguir con el itinerario. Pero antes nos damos otro beso largo y poderoso, su lengua está impaciente. Nos quitamos los pensamientos que estorban, detenemos los cauces de palabras, quedamos vacíos, recibiendo, llenándonos el uno del otro y por eso sé que ella no quiere irse de Juárez, por su beso y la fuerza de sus brazos y su saliva, no quiere ser la que llega, la nueva señora de la cuadra. Sus ojos están vidriados, pero no me permite preguntar nada.

Anda, a lo que sigue, me ordena tomando aire y nos acomodamos la ropa. Atrás queda un mar y observo cómo se empequeñece. La música, aunque es la misma, ya no es íntima como hace unos segundos, pero me siento vigorizado, nuevo.

Antes de subir al auto me repite sus palabras favoritas: *Chewing gum*. A sus espaldas, el Poker me pide que nos apuremos, creo que Perla está a punto de llorar y antes de permitírselo abro la puerta y subo.

A cinco minutos de ahí hay un motel.

Todos se han ido.

El pequeño panal de las avispas en mi ventana ahora permanece abandonado. Mi apartamento, desde entonces, se siente más vacío. La última joven avispa voló hace dos días y apenas conseguí ver, por unos segundos, cómo antes de apartarse del nido dejaba atrás a la reina. Ayer por la tarde, el nido quedó solitario. Hice cuentas del tiempo que había transcurrido desde que descubrí la pequeña colmena y busqué su cuerpo rígido cerca de la ventana sin suerte de encontrarlo; imagino que tienen la costumbre de morir lejos del avispero. Vieja y cansada recorrió una distancia –que nunca sabré– antes de posarse en la rama de algún árbol para tranquilamente dejar de respirar. Percibir que la poca vida que le quedaba se le iba yendo. Todo en automático. Todo grabado en sus genes. Nacer, procrear y morir. Sintiendo el llamado del instinto. Hasta el último momento admiré el color amarillo tan brillante de la avispa que había comenzado aquella faena. Siempre fue un color que ni con el paso de los meses dejó de ser esplendoroso. Por más que me acerqué nunca noté la vejez ni el cansancio de la reina.

Hace apenas unas horas hablé con Yolanda. Te sigo esperando, me dijo, Mazatlán está maravillo.

Entre otras cosas, me platicó del calor y de las desveladas diarias. Le expliqué que la alcanzaría en cuanto terminara un trabajo que no pude dejar en manos de otros porque mi jefe confiaba en que yo lo acabara. Pero no te atrases más, me amenazó y casi pude verla con su dedo índice señalándome a través del teléfono. Al fondo se oían los autos y las motocicletas correr sobre la zona dorada y, más débilmente, el oleaje del Pacífico, incansable.

Pienso en ella y la plática que sostuvimos acerca de los superhéroes hace tiempo. Ahora me siento como uno de ellos. Observo lo que me rodea. El verde seco de los árboles, la apretada tierra del campo y los dos o tres pájaros en busca de sombra. El héroe que espera que algo suceda, con el disfraz gastado de los codos al borde de la cama lleno de enmendaduras y expectativas. Un disfraz para ocultar los defectos de mi barba rala y mi nariz grande igual a la de Yolanda. Un hombre lleno de ansia con unos cuantos libros empezados sobre el buró y una bitácora a medias porque nunca pasa nada o todo termina demasiado pronto.

Las mujeres de nariz grande me atraen. No hay manera de enfrentar al mundo con semejante semblante más que con valentía. Aquí estoy, mírenme, dice su perfil, y ellas sin más remedio desafían a los miles de ojos que las señalan y a los miles de murmullos que las describen, regresando la sonrisa y el apretón de mano. Hombres como yo, preguntan por las de nariz grande, por eso reciben arreglos florales e invitaciones a cenar porque saben entrar y abrir plaza.

Esa vez que Yolanda me mostró su boleto de avión, de su bolso asomaba una revista de Batman. Mi amiga es la mujer murciélago, por eso mismo se ha marchado y recorre las avenidas de Mazatlán y trabaja como mesera en un bar que da a la playa, mientras yo contemplo las paredes y recorro los pocos pasillos de mi apartamento. Si yo fuera Bruce Wayne recorrería una mansión interminable, escucharía la música del ascensor cuando lo tomo para llegar a la planta baja. Bajaría al sótano donde un auto negro y amorfo me espera, verificaría el nivel del aceite y la presión de los neumáticos, pasaría una jerga húmeda por la radio y los botones especiales, siempre esperando el llamado; pero tan sólo bajo y me adentro a mi cocineta que huele a lavanda y desengrasante. Batman busca la señal o el grito de auxilio por el radio de onda corta y yo abro el refrigerador, destapo una cerveza.

Fabio dice que pronto me escribirá una larga carta explicándome los pormenores de sus aventuras desde que se fue a vivir con Mariana. A Perla sólo le conté que nuestro amigo se había ido de Juárez sin darle muchos detalles. Cuando fui a buscarlo a su apartamento, su madre ya lo había vaciado y se había llevado a Iris; por primera vez el lugar lucía tan miserable como los apartamentos vacantes de enfrente, parecía como si la enfermedad de la solitud hubiera atacado esa parte de la cuadra. El día en que se marchó, mi amigo temblaba de emoción, en el avión se quedó incómodamente dormido las dos horas de vuelo soñando que era mujer. En el aeropuerto tomó un taxi que lo llevó a la catedral donde la muchacha lo esperaba. A pesar de ser verano, la ciudad estaba fresca. Recorrió las tranquilas y empinadas calles de Zacatecas del brazo de Mariana. El viaje lo había planeado para que durara dos semanas, pero, estando allá, no volvió a soñar ni tuvo la sensación de transformarse en mujer. Están por confirmarle un trabajo de maestro en la universidad. No va a regresar.

Perla, esa noche que nos vimos, después de haber hecho el amor, me dio un beso apresurado y se metió a bañar rápidamente. Se enjugó la boca con whisky y salimos del motel. Me dejó en el centro comercial donde había dejado estacionado mi auto para que lo recogiera y partió sin decirme más, sólo me acarició la mejilla, sonrió y antes de que pudiera decirle algo, aceleró. Durante el trayecto casi no cruzamos palabra. Se veía un poco preocupada por la hora, pero nada que aparentemente no pudiera controlar, durante el camino, siguió dándole tragos pequeñitos a la botella de whisky. Lo que quede es para ti, alcancé a oír y le dije que estaba bien, mi mano acariciaba su nuca, el calor de su piel atravesaba el cabello. Para ser tan noche hacía demasiado calor. «Esta es la última vez que cruzo estas calles», pensé y por primera vez me pregunté si me lo decía más para convencerme a mí mismo de algo que no iba a suceder, el pensamiento me puso la piel de gallina. Esa noche, los anuncios espectaculares se notaban más brillantes, las líneas blancas de la carretera invitaban a seguir manejando, seguirlas hasta las afueras de la ciudad y más allá. Cuando Perla no bebía, colocaba la botella entre sus piernas y me sujetaba la mano. Pasó un mes antes de recibir su primera llamada. «¿A que no sabes quién habla?», sentenció del otro lado de la línea. Me contó las peripecias que pasó para llegar a San Antonio. Primero las llaves del automóvil se nos perdieron, en un momento estaban sobre el refrigerador y en otro se habían desaparecido, me dijo. Tardaron una hora en encontrarlas; entonces el neumático de enfrente sufrió una pinchadura sobre la Gómez Morín, apenas a unos cien metros de su casa; luego de la exhaustiva revisión en la garita de Estados Unidos, recorridos los primeros veinte kilómetros, el auto comenzó a calentarse; no fue nada grave, pero en total pasaron más de cuatro horas atascados en Juárez o sus cercanías, como si la ciudad la estuviera reteniendo. Me contó sobre el calor húmedo de San Antonio, sobre la gigantesca ciudad que la recibió cerca del amanecer cuando todavía las luces estaban encendidas. Se sintió pequeñísima ante aquella urbe. Su nueva casa se encuentra en uno de los suburbios al norte de la ciudad. Para comer en algún restaurante cercano, se toman alrededor de cuarenta y cinco minutos por la interestatal. Aún buscaba un dojo que le convenza para sus clases de karate, pero sobreviviría, claro estaba.

Todos ya se encuentran al otro lado, en el otro extremo, tal vez sigan haciendo lo mismo que hicieron aquí: levantarse, trabajar, dormir. No lo sé de cierto, acaso ellos sean producto de mi imaginación, un invento de lo que yo quiero ser. Es como si fuera el esbozo de un cuento en el que trabaja Fabio.

Me he quedado aquí, en Juárez, junto con Luisa, mi amiga muerta. Es como si su espíritu me hubiera sujetado con fuerza, como si me dijera o pidiera algo que no entiendo. Me pregunto qué hubiera pasado si no me hubiera encontrado a Eduardo ese día que me platicó de su padre moribundo. Qué hubiera sucedido si no me hubiera presentado al entierro y descubierto que Luisa Márquez estaba sepultada ahí. Qué otra cosa me hubiera anclado a esta tierra.

Según yo, tenía todo planeado, tenía mis maletas hechas y mi apartamento lo cuidaría mi familia mientras regresaba de mi viaje a Mazatlán, aun y cuando no tuviera definida la fecha de regreso. Limpié y reacomodé los libros de narrativa mexicana en el lado derecho del estante, los de narrativa extranjera los ordené en los anaqueles inferiores y los discos los puse en el cajón de la orilla; era lo más valioso que atesoraba y ahora esperarían a mi regreso en su nuevo lugar. Después de pensarlo bien y muy animado, fui a la agencia de viajes. Ese día estaba lloviendo y un fresco viento me acariciaba la cara, las muchachas que atendían el local veían la lluvia muy cerca de los ventanales, como si nunca antes hubieran visto ese fenómeno, admiradas, relajándose por el golpeteo del agua sobre el pavimento. Resuelto, escogí mi destino. ¿Viaje redondo?, me preguntó la chica sin dejar de teclear en la computadora. Nada más de ida, le contesté e interrumpió su escritura. Pero va a salir más caro, ¿no le importa?, murmuró como revelándome un secreto. Por supuesto que no importa, respondí con una gran sonrisa. A lo lejos se oían los truenos, como si alguien en algún segundo piso, estuviera reacomodando los muebles arrastrándolos por el suelo. Ella se encogió de hombros y siguió escribiendo con rapidez. Me decía que el lugar me encantaría, hay muchos turistas pero si uno sale de esa zona, es muy agradable el paisaje y la gente. Me entregó mi boleto con ese mismo blancor brillante que aprecié en el de Yolanda cuando me lo mostró.

Un día antes del viaje, dormí intranquilo, sólo recuerdo haber soñado con la lápida de Luisa. En mi viaje onírico limpiaba una y otra vez la tumba con una pequeña brocha sin conseguir dejarla pulcra. Me desperté con una sensación de vacío tan grande que hubiera preferido haber soñado con el viejo de barba rala. Me preparé una taza de café colombiano para despabilarme. El aroma del café veracruzano era lo único que me recordaba a Eme, ahora sí ya se había marchado por completo de mi vida. Me bañé y me puse una camiseta naranja, anudé mis tenis. Tomé un libro para esperar el taxi que me llevaría al aeropuerto. El ambiente estaba húmedo por la lluvia del día anterior, el sol brillaba tanto que podía claramente ver la reverberación del calor en los techos de las casas. Por alguna razón, por algo que no me cuadraba, de súbito me levanté y busqué mi boleto de viaje. Lo había guardado en la bolsa delantera de mi maletín. Preocupado, pensando que no estaría ahí, con rapidez metí la mano hasta tentarlo, sudaba. Todo está bien, me dije; pero una voz me objetó: *Aún no, mejor míralo con detenimiento, abre el protector,* y así lo hice: no lo podía creer y como no lo podía aceptar, busqué más al fondo de mi valija pensando que me había equivocado de pasaje, que el que sujetaba era la reminiscencia de algún boleto antiguo. Era inútil. Me invadió un sopor inquietante, sentía la cara caliente. Negué con la cabeza sin pensar ni pronunciar palabra y tomé asiento.

El hombre de barba blanca era una advertencia y yo la había entendido demasiado tarde.

Así, por las tardes, saco una cerveza del refrigerador y contemplo desde la ventana del estudio lo que me rodea. Las cornisas y las antenas de la televisión de paga, las ventanas por donde niños se asoman y me hacen señas, las puntas de los cerros incrustándose en las vaporosas distancias azules, hiriendo las orillas de la bóveda donde todo acaba o inicia. Y lejos, en el océano Pacífico, la noche llega más tarde y su ola arrastra a los viajantes al sueño y oscurece las tortugas y los búhos, el final se refleja en las aguas imitando sus movimientos.

Ese día que Yolanda me llamó, le mentí; cuando hablamos por teléfono, le dije que iría a encontrarme con ella al terminar un trabajo pendiente, pero aún, hasta el día de hoy, no sé muy bien qué es lo que me sucede. Sé que de alguna manera tiene que ver con Luisa y su tumba, pero tal vez tenga que ver más conmigo. Al ver mi boleto roto, llamé a la agencia de viajes pidiendo una reposición. Claro que se lo podemos conseguir, me indicó la misma muchacha que me atendió un día antes, pero tendrá un costo extra. Le comenté que no había problema, que tomaría el vuelo siguiente. Me temo que será hasta el día de mañana, me dijo un poco afligida.

Recogí mi nuevo boleto y esta vez lo guardé en el cajón donde aún quedaban algunas camisetas. A la mañana siguiente el billete amaneció roto. Desde entonces espero al hombre de blanco a que reaparezca en mis sueños, estoy seguro de que algo más tendrá que decirme.

Mientras sucede, después del trabajo, visito la tumba de Luisa, le llevo unas flores o trato de limpiar el polvo que se le acumula. Nunca me he topado con alguien, pero la misma tarjeta o al menos una similar a la que vi la primera vez, sigue sonando con aquella música gastada. «FELIZ CUMPLEAÑOS», tiene escrito en grandes letras de molde.

ÚLTIMOS TÍTULOS PUBLICADOS
EN LITERATURA MONDADORI

20. Manuel Vázquez Montalbán, *El estrangulador*
21. Gabriel García Márquez, *El amor en los tiempos del cólera*
22. George Steiner, *El traslado de A. H. a San Cristóbal*
23. Gabriel García Márquez, *Relato de un náufrago*
24. James Dickey, *Hacia el mar blanco*
25. Quentin Tarantino, *Pulp Fiction*
26. Gabriel García Márquez, *Crónica de una muerte anunciada*
27. Fernando Niembro y Julio Llinás, *Inocente*
28. Gabriel García Márquez, *El otoño del patriarca*
29. Giuseppe Pontiggia, *Vidas de hombres no ilustres*
30. Alfredo Conde, *Siempre me matan*
31. Juan Goytisolo, *Makbara*
32. Judith Rossner, *Olivia*
33. William Styron, *Una mañana en la costa*
34. Kalman Barsy, *Verano*
35. Gabriel García Márquez, *Cien años de soledad*
36. Stephen Wright, *Viaje de vuelta*
37. Juan Goytisolo, *Coto vedado*
38. Chester Himes, *Una cruzada en solitario*
39. Larry Watson, *Montana 1948*
40. John Berendt, *Medianoche en el jardín del bien y del mal*
41. Gabriel García Márquez, *El coronel no tiene quien le escriba*
42. Manuel Vázquez Montalbán, *El pianista*
43. Gabriel García Márquez, *Los funerales de la Mamá Grande*
44. Osvaldo Soriano, *La hora sin sombra*

45. Gabriel García Márquez, *Doce cuentos peregrinos*
46. Gabriel García Márquez, *La mala hora*
47. Gabriel García Márquez, *Ojos de perro azul*
    Gabriel García Márquez, *Noticia de un secuestro*
48. Juan Goytisolo, *Señas de identidad*
49. Luis Goytisolo, *Mzungo*
50. Eric Zencey, *Panamá*
51. Penelope Mortimer, *La torre*
52. Niccolò Ammaniti, *La última nochevieja de la humanidad*
53. Esmeralda Santiago, *El sueño de América*
54. Alessandro Barbero, *Diario de Mr. Pyle*
55. Alberto Fuguet y Sergio Gómez, eds., *McOndo*
56. Junot Díaz, *Los boys*
57. Juan Goytisolo, *En los reinos de taifa*
58. George Gaylord Simpson, *Entre dinosaurios*
59. Romain Gary, *La promesa del alba*
60. Joaquín Voltes, *Caída libre*
61. Jane Mendelsohn, *Yo fui Amelia Earhart*
62. Elizabeth von Arnim, *Elizabeth y su jardín alemán*
63. Frederic Prokosch, *Los siete fugitivos*
64. Paolo Maurensig, *Canon inverso*
65. Andrés Ehrenhaus, *Monogatari*
66. Chester Himes, *Un caso de violación*
67. Dawn Powell, *Gira, mágica rueda*
68. María José Furió, *La mentira*
69. Agnès Desarthe, *Un secreto sin importancia*
70. Santiago Gamboa, *Perder es cuestión de método*
71. Varlam Shalámov, *Relatos de Kolymá*
72. Herta Müller, *La bestia del corazón*
73. Richard Powers, *Galatea 2.2*
74. César Aira, *Ema, la cautiva*
75. Frederic Prokosch, *Voces*
76. Ángel García Galiano, *El mapa de las aguas*
77. Iain Banks, *Cómplice*
78. Gabriel Galmés, *El rey de la selva*
79. Seamus Deane, *Leer a oscuras*

80. Thomas Rosenboom, *Carne lavada*
81. Robert Irwin, *El harén sublime*
82. Rohinton Mistry, *Un perfecto equilibrio*
83. Fogwill, *Cantos de marineros en La Pampa*
84. César Aira, *Cómo me hice monja*
85. Chester Himes, *Puntas rosadas*
86. Santiago Gamboa, *Páginas de vuelta*
87. Eoin McNamee, *El resucitador*
88. Penelope Fitzgerald, *La flor azul*
89. Dylan Thomas, *Hacia el comienzo. Relatos completos, I*
90. Ruth L. Ozeki, *Carne*
91. Tristan Egolf, *El amo del corral*
92. Robert Irwin, *Cadáver exquisito*
93. Kaylie Jones, *La hija de un soldado nunca llora*
94. Romain Gary, *Las raíces del cielo*
95. Iain Banks, *Una canción de piedra*
96. José Manuel Prieto, *Livadia*
97. Gore Vidal, *La Institución Smithsoniana*
98. Edgardo Rodríguez Juliá, *Sol de medianoche*
99. Juan Gracia, *Todo da igual*
100. Beryl Bainbridge, *Master Georgie*
101. Rohinton Mistry, *Un viaje muy largo*
102. Will Christopher Baer, *Bésame, Judas*
103. Mordecai Richler, *La versión de Barney*
104. Linn Ullmann, *Antes de que te duermas*
105. Frederic Raphael, *Aquí Kubrick*
106. César Aira, *La mendiga*
107. Chet Baker, *Como si tuviera alas*
108. Ann-Marie MacDonald, *Arrodíllate*
109. Lázaro Covadlo, *La casa de Patrick Childers*
110. Dylan Thomas, *Retrato del artista cachorro. Relatos completos, II*
111. Abdelkader Benali, *Boda junto al mar*
112. Billy Wilder y Hellmuth Karasek, *Nadie es perfecto*
113. Mayra Santos-Febres, *Sirena Selena vestida de pena*
114. Pierre Souvestre y Marcel Allain, *Fantomas*

115. Daniel Pennac, *La felicidad de los ogros*
116. Daniel Pennac, *El hada carabina*
117. Giuseppe Ferrandino, *Pericle el Negro*
118. Colson Whitehead, *La intuicionista*
119. Lázaro Covadlo, *Animalitos de Dios*
120. Jorge Franco Ramos, *Rosario Tijeras*
121. Rebbecca Ray, *A una cierta edad*
122. David Foster Wallace, *La niña del pelo raro*
123. Guillermo Fadanelli, *Clarisa ya tiene un muerto*
124. Douglas Rushkoff, *Ciberia*
125. Michelangelo Antonioni, *Más allá de las nubes*
126. Daniel Pennac, *La pequeña vendedora de prosa*
127. Adam Lloyd Baker, *New York Graphic*
128. William Sutcliffe, *¿De qué vas?*
129. Francisco Coloane, *Los pasos del hombre*
130. Paolo Maurensig, *Venus herida*
131. Aldo Nove, *Puerto Plata Market*
132. Dylan Thomas, *Con otra piel. Relatos completos, III*
133. Arnon Grunberg, *Figurantes*
134. Agnès Desarthe, *Cinco fotos de mi mujer*
135. Jeff Noon, *Vurt*
136. Magnus Mills, *Sin novedad en el Orient Express*
137. Reynaldo Lugo, *Palmeras de sangre*
138. J. M. Coetzee, *Desgracia*
139. J. M. Coetzee, *Infancia*
140. Carol Wolper, *Cigarette Girl*
141. Patrícia Melo, *Elogio de la mentira*
142. Luther Blissett, *Q*
143. Charles Mingus, *Menos que un perro*
144. Daniel Pennac, *El señor Malaussène*
145. Lázaro Covadlo, *Bolero*
146. Andrés Ehrenhaus, *La seriedad*
147. Antón Arrufat, *Antología personal*
148. Dale Peck, *Es hora de decir adiós*
149. Juan Abreu, *Garbageland*
150. Maurice G. Dantec, *Babylon Babies*

151. Daniel Pennac, *Los frutos de la pasión*
152. Iván de la Nuez, *El mapa de sal*
153. Gore Vidal, *Sexualmente hablando*
154. J. M. Coetzee, *Las vidas de los animales*
155. Fogwill, *La experiencia sensible*
156. Patrick McGrath, *Locura*
157. Javier Calvo, *Risas enlatadas*
158. Scott Phillips, *La cosecha de hielo*
159. Giuseppe Ferrandino, *El respeto*
160. Carlo Lucarelli, *La isla del Ángel Caído*
161. Antonio Álamo, *Nata soy*
162. David Foster Wallace, *Entrevistas breves con hombres repulsivos*
163. David Foster Wallace, *Algo supuestamente divertido que nunca volveré a hacer*
164. Daniel Chavarría, *Allá ellos*
165. Fogwill, *En otro orden de cosas*
166. Jonathan Lethem, *Huérfanos de Brooklyn*
167. Jeff Noon, *Polen*
168. Heidi Julavits, *El Palacio Mineral*
169. César Aira, *Cumpleaños*
170. Vinicius de Moraes, *Para vivir un gran amor. Crónicas y poemas*
171. Chuck Palahniuk, *Asfixia*
172. George Saunders, *Pastoralia*
173. Henk van Woerden, *El asesino*
174. Iain Banks, *El Negocio*
175. James Gunn, *El coleccionista de juguetes*
176. Gore Vidal, *La edad de oro*
177. Niccolò Ammaniti, *No tengo miedo*
178. Aldo Nove, *Amor mío infinito*
179. Matthew Klam, *Sam el Gato y otros relatos*
180. Toni Montesinos, *Solos en los bares de noche*
181. Paul Collins, *Gloriosos fracasos*
182. Antonio José Ponte, *Contrabando de sombras*
183. David Sedaris, *Cíclopes*

184. Michael Chabon, *Las asombrosas aventuras de Kavalier y Clay*
185. J. T. Leroy, *Sarah*
186. Jorge Franco, *Paraíso travel*
187. Daniel Chavarría, *El rojo en la pluma del loro*
188. Richard Powers, *Ganancia*
189. César Aira, *El Mago*
190. Mayra Santos-Febres, *Cualquier miércoles soy tuya*
191. Francisco Casavella, *Los juegos feroces*
192. Gabriel García Márquez, *Vivir para contarla*
193. Rodrigo Fresán, *La velocidad de las cosas*
194. Manuel Vázquez Montalbán, *Galíndez*
195. J. M. Coetzee, *La Edad de Hierro*
196. J. M. Coetzee, *Juventud*
197. David Foster Wallace, *La broma infinita*
198. Francisco Casavella, *Viento y joyas*
199. Rodolfo Enrique Fogwill, *Urbana*
200. Rohinton Mistry, *Asuntos de familia*
201. Denes Johnson, *El nombre del mundo*
202. Will Self, *Como viven los muertos*
203. Magnus Mills, *Tres van a ver al rey*
204. Victor Pelevin, *Homo zapiens*
205. Francisco Casavella, *El idioma imposible*
206. Chuck Palahniuk, *Nana*
207. Rick Moody, *El velo negro*
208. Rick Moody, *Días en Garden State*
209. Ming Wu, *54*
210. Patrick McGrath, *La historia de Martha Peake*
211. Javier Calvo, *El dios reflectante*
212. J. M. Coetzee, *En medio de ninguna parte*
213. Jeff Noon, *La aguja en el surco*
214. Jonathan Lethem, *Cuando Alicia subió a la mesa*
215. Juan Abreu, *Orlan veinticinco*
216. Richard Flanagan, *El libro de los peces de William Gould*
217. César Aira, *Canto Castrato*
218. Rodrigo Fresán, *Jardines de Kensington*

219. Daniel Pennac, *El dictador y la hamaca*
220. David Sedaris, *Mi vida en rose*
221. Diego Doncel, *El ángulo de los secretos femeninos*
222. Robert Irwin, *Satán me quiere*
223. Arthur Bradford, *¿Quieres ser mi perro?*
224. José Manuel Prieto, *Enciclopedia de una vida en Rusia*
225. Dave Eggers, *Ahora sabréis lo que es correr*
226. Tristan Egolf, *La chica y el violín*
227. J. M. Coetzee, *Elizabeth Costello*
228. António Lobo Antunes, *Buenas tardes a las cosas de aquí abajo*
229. Daniel Chavarría, *Adiós muchachos*
230. J. T. Leroy, *El corazón es mentiroso*
231. Cormac McCarthy, *Suttree*
232. Koji Suzuki, *The Ring*
233. Germán Sierra, *Alto voltaje*
234. V. S. Naipaul, *Miguel Street*
235. J. M. Coetzee, *Foe*
236. César Aira, *Las noches de Flores*
237. Chuck Palahniuk, *Diario. Una novela*
238. J. M. Coetzee, *El maestro de Petersburgo*
239. J. M. Coetzee, *Esperando a los bárbaros*
240. Edgardo Rodríguez Julià, *Mujer con sombrero Panamá*
241. Carlos María Domínguez, *La casa de papel*
242. T. C. Boyle, *Drop city*
243. Erika Krouse, *Ven a verme*
244. Jonathan Lethem, *La fortaleza de la soledad*
245. António Lobo Antunes, *Segundo libro de crónicas*
246. Gabriel García Márquez, *Memoria de mis putas tristes*
247. Juan Rulfo, *Pedro Páramo*
248. Juan Rulfo, *El llano en llamas*
249. Iain Banks, *Aire muerto*
250. Niccolò Ammaniti, *Te llevaré conmigo*
251. Antonio Álamo, *El incendio del paraíso*
252. Elfriede Jelinek, *La pianista*
253. VV. AA., *Crack*

254. David Toscana, *El último lector*
255. Olivier Rolin, *Tigre de papel*
256. José Carlos Somoza, *El detalle y otras novelas breves*
257. Magda Szabó, *La puerta*
258. Ricardo Rodríguez, *La moral del verdugo*
259. Michael Chabon, *Jóvenes hombres lobo*
260. Imma Turbau, *El juego del ahorcado*
261. Patrick McGrath, *Port Mungo*
262. Richard Powers, *El tiempo de nuestras canciones*
263. Elfriede Jelinek, *Los excluidos*
264. Jaumé Cabré, *Señoría*
265. António Lobo Antunes, *Yo he de amar una piedra*
266. Peter Carey, *Mi vida de farsante*
267. Sam Lipsyte, *Hogar, dulce hogar*
268. Chuck Palahniuk, *Error humano*
269. Alma Guillermoprieto, *La Habana en el espejo*
270. Carlos Franz, *El desierto*
271. Anna Wohlgeschaffen, *Eris la diosa y otras historias cínicas*
272. César Aira, *Un episodio en la vida del pintor viajero*
273. Colson Whitehead, *El coloso de Nueva York*
274. George Saunders, *Guerracivilandia en ruinas*
275. Philip Roth, *La conjura contra América*
276. António Lobo Antunes, *Memoria de elefante*
277. David Sedaris, *Un vestido de domingo*
278. Dave Eggers, *Guardianes de la intimidad*
279. Masłowska Dorota, *Blanco nieve, rojo Rusia*
280. Rodrigo Fresán, *Vida de santos*
281. J. M. Coetzee, *Hombre lento*
282. Colin Harrison, *Havana Room*
283. Salman Rushdie, *Shalimar el payaso*
284. Matthew McIntosh, *Pozo*
285. Javier Calvo, *Los ríos perdidos de Londres*
286. David Foster Wallace, *Extinción*
287. Javier Rodríguez Alcázar, *El escolar brillante*
288. Abdelkader Benali, *Largamente esperada*
289. Alexander Garros y Alexei Evdokimov, *Headcrusher*

290. Victor Pelevin, *El meñique de Buda*
291. Andrew O'Hagan, *Personalidad*
292. David Means, *Incendios*
293. Bret Easton Ellis, *Lunar park*
294. Philip Roth, *El pecho*
295. César Aira, *Las curas milagrosas del Doctor Aira*
296. Kitty Fitzgerald, *Pigtopia*
297. J. M. Coetzee, *Vida y época de Michael K*
298. Sergio Pitol, *Soñar la realidad*
299. Pedro Lemebel, *Adiós mariquita linda*
300. Chuch Palahniuk, *Fantasmas*
301. John Berendt, *La ciudad de los ángeles caídos*
302. Rafael Gumucio, *Páginas coloniales*
303. Rafael Gumucio, *Memorias prematuras*
304. César Aira, *Parménides*
305. Suketu Mehta, *Ciudad total*
306. António Lobo Antunes, *Fado alejandrino*
307. Julián Rodríguez, *Ninguna necesidad*
308. David Gilbert, *Los normales*
309. Alessandro Piperno, *Con las peores intenciones*
310. Francisco Casavella, *El secreto de las fiestas*
311. Olivier Pauvert, *Negro*
312. Lolita Bosch, *La persona que fuimos*
313. Orhan Pamuk, *Estambul*
314. Martín Solares, *Minutos negros*
315. Gonçalo M. Tavares, *Un hombre: Klaus Klump*
316. Martín Kohan, *Segundos afuera*
317. Philip Roth, *Elegía*
318. Cormac McCarthy, *No es país para viejos*
319. Peter Hobbs, *Solsticio de invierno*
320. J. T. LeRoy, *El final de Harold*
321. Mary Gaitskill, *Veronica*
322. Salvatore Niffoi, *La leyenda de Redenta Tiria*
323. Javier Calvo, *Mundo maravilloso*
324. Salvador Plascencia, *La gente de papel*
325. Philip Roth, *Deudas y dolores*

326. Susan Sontag, *Al mismo tiempo*
327. Peter Carey, *Robo*
328. F. M., *Corazón*
329. Tom Spanbauer, *Ahora es el momento*
330. Martín Kohan, *Museo de la Revolución*
331. António Lobo Antunes, *Ayer no te vi en Babilonia*
332. Rohinton Mistry, *Cuentos de Firozsha Baag*
333. Orhan Pamuk, *El castillo blanco*
334. David Foster Wallace, *Hablemos de langostas*
335. Gonçalo M. Tavares, *La máquina de Joseph Walser*
336. Chimamanda Ngozi Adichie, *Medio sol amarillo*
337. Michael Chabon, *La solución final*
338. Cormac McCarthy, *La carretera*
339. William Vollmann, *Europa central*
340. Lolita Bosch, *Hecho en México*
341. Niccolò Ammaniti, *Como Dios manda*
342. J. M. Coetzee, *Diario de un mal año*
343. Chuck Palahniuk, *Rant: la vida de un asesino*
344. Cormac McCarthy, *Meridiano de sangre*
345. António Lobo Antunes, *Conocimiento del infierno*
346. Philip Roth, *El profesor del deseo*
347. Roberto Brodsky, *Bosque quemado*
348. Orhan Pamuk, *La maleta de mi padre*
349. Vikram Chandra, *Juegos sagrados*
350. Karin Fossum, *Una mujer en tu camino*
351. Djuna y Daniel, *Ena Lucía Portela*
352. Philip Roth, *Sale el espectro*
353. César Aira, *Las aventuras de Barbaverde*
354. Antonio López-Peláez, *Nada puede el Sol*
355. António Lobo Antunes, *Acerca de los pájaros*
356. Rupert Thomson, *Muerte de una asesina*
357. Óscar Aibar, *Making of*
358. Cormac McCarthy, *Todos los hermosos caballos*
359. Michael Chabon, *El sindicato de policía Yiddish*
360. Christian Jungersen, *La excepción*
361. Gore Vidal, *Navegación a la vista*

362. Álvaro Enrigue, *Muerte de un instalador*
363. Dave Eggers, *Qué es el qué*
364. Julián Rodríguez, *Cultivos*
365. Peter Hobbs, *Profundo mar azul*
366. Jonathan Lethem, *Todavía no me quieres*
367. Junot Díaz, *La maravillosa vida breve de Óscar Wao*
368. Peter Carey, *Equivocado sobre Japón*
369. Gregoire Bouillier, *El invitado sorpresa*
370. Daniel Pennac, *Mal de escuela*
371. J. G. Ballard, *Milagros de vida*
372. Magda Szabó, *La balada de Iza*
373. Robert Juan-Cantavella, *El Dorado*
374. Andrew O'Hagan, *Quédate a mi lado*
375. Lolita Bosch, *La familia de mi padre*
376. Ma Jian, *Pekín en coma*
377. Mario Levrero, *La novela luminosa*
378. Philip Roth, *Nuestra pandilla*
379. Philip Roth, *Lecturas de mí mismo*
380. Denis Johnson, *Árbol de humo*
381. Orhan Pamuk, *Otros colores*
382. Patricio Pron, *El comienzo de la primavera*
383. Patrick McGrath, *Trauma*
384. Klas Östergren, *Caballeros*
385. Joseph Smith, *El lobo*
386. Javier Pastor, *Mate Jaque*
387. Julia Leigh, *Inquietud*
388. Salman Rushdie, *La encantadora de Florencia*
389. Salman Rushdie, *Hijos de la medianoche*
390. António Lobo Antunes, *Mi nombre es Legión*
391. Philip Roth, *Indignación*